Los líos de Judith y Johan

¡VAYA LÍO CON
EL CHOCOLATE!

Ester Farran
Ilustraciones de Jordi Sales

Asociación Lectura Fácil

Editorial el Pirata

¡Vaya lío con el chocolate!

© Ester Farran Nacher, 2016
© Ilustraciones: Jordi Sales Roqueta
© Adaptación a Lectura Fácil: Mariona Mas Bassas
© Editorial el Pirata, 2018
C. Ribot i Serra, 162 Bis – 08208 Sabadell (Barcelona)
info@editorialelpirata.com
www.editorialelpirata.com

ISBN: 978-84-17210-15-1
Depósito legal: B 17746-2018
Impreso en la UE

1.ª edición: octubre de 2018
2.ª edición: septiembre de 2020
3.ª edición: diciembre de 2020

Este logotipo identifica los materiales que siguen
las directrices internacionales de la IFLA
(*International Federation of Library Associations
and Institutions*) y de *Inclusion Europe*, por lo que
refiere al lenguaje, el contenido y la forma,
con el objetivo de facilitar la comprensión.
La otorga la Asociación Lectura Fácil.

EL DIARIO

Me llamo Judith Casals Grau, tengo ocho años
y hoy empiezo las vacaciones de verano.
Estoy tan contenta que no puedo dejar de dar saltos.

Lo único que me falta es una amiga del alma,
alguien con quien compartir aventuras e ideas.

Yo tengo muchas ideas, a cada momento.
Me pasan por la cabeza rapidísimas, ¡ZUM!
Mi mamá también tiene muy buenas ideas.

Mi mamá es podóloga, médico de los pies.
Tiene su consulta en la planta baja de nuestra casa.
Le encanta su trabajo.

Después de comer bajo a verla.
Cuando entro en su consulta, la veo
con su bata blanca. Ella me sonríe:
—¡Qué bien tenerte por aquí tantos días!

Me da un beso y vuelve con sus pacientes.

Con la pelota que me ha comprado la abuela,
empiezo a jugar a básquet.
La canasta es la puerta de la salita de espera.

Veo que los pacientes se molestan,
y decido que la canasta será la papelera.

Acierto cuatro canastas,
las otras van a parar a la cabeza de Rosa,
la recepcionista, que trabaja con su ordenador.

Rosa me amenaza con pinchar la pelota.
Aparece de nuevo mamá, y le digo:
—¡Necesito una idea!

—¿Qué tal si me das la pelota?
Podrías escribir un diario de las vacaciones.
Quizá papá puede salir a comprar uno.

Mamá tiene a veces las mejores ideas del mundo.
Será que me parezco a ella.

Me voy al restaurante de papá, que también
se encuentra en los bajos de nuestro edificio.

Mi papá hace unas comidas deliciosas,
es por esto que tiene tantos clientes.
Además del restaurante, también tiene una pensión
en el primer piso del edificio.

Encuentro a papá en la cocina limpiando las ollas.
Le pido si me puede comprar un diario,
y él me dice que se lo pida a los abuelos.

Mis abuelos también trabajan en el restaurante
y en la pensión. Salgo al comedor.

El abuelo está leyendo el periódico en un rincón.
Me acerco al abuelo, y él levanta el dedo,
no quiere que le moleste ahora.

La abuela está barriendo.
Está de morros[1]
porque el abuelo no ha subido las sillas a las mesas.

---

1. **Estar de morros:** Estar enfadada y mostrarlo con la actitud.

Corro hacia ella
y doy un salto para llegar donde está.
Sin quererlo, aterrizo encima del montón
de polvo que está barriendo,
y se esparce por todas partes.
La abuela se molesta más aún.
No es nuevo. La abuela pone morros a menudo.
Por eso yo la llamo abuela Morrona.

—Morrona, quiero un diario.
No me dejan jugar a la pelota en la consulta.

La abuela cambia los morros
por su cara de sorpresa.
Se gira y me da un periódico.

—¡No! ¡Quiero un diario para escribir mis cosas!
¡Con candado!

Del delantal, la abuela saca una libreta pequeña
con la que toma nota a los clientes.
—¡Esto no! Cuando dibujo en estas libretas
se me terminan enseguida.
No podría escribir en ella
ni cinco minutos de mi vida.

—¡Ya sé quién me gasta las libretas! —dice ella.

—Nooo —me defiendo—. Debe de ser David.

David es el hijo del camarero,
es un año menor que yo, y casi cada tarde
viene a buscar a su papá al restaurante.

La abuela se desabrocha el delantal
y, poniendo morros, sale hacia la librería.
Vuelve con un diario un poco feo:
de color rosa chicle con un oso celeste en la portada.

Con mis rotuladores intento hacerlo más bonito:
al oso le pinto un bigote y unos ojos rojos.
También dibujo unos monstruos.

Después, empiezo a escribir:

Me llamo Judith, y vivo con mis padres
y mis abuelos.
Tengo una amiga que se llama Paula,
pero no es mi mejor amiga.
Paula dice que mi casa es un laberinto.
Yo no lo creo.

En la planta baja hay dos entradas:
en la calle de delante hay el acceso al restaurante de papá,
en la calle de atrás hay la entrada a la consulta de mamá.
El restaurante y la consulta se comunican
con una puerta que da a la habitación
del lavaplatos del restaurante.
Una escalera comunica el comedor del restaurante
con la despensa, nuestra casa, la casa de los abuelos,
el desván y la azotea.
Otra escalera comunica el comedor del restaurante
con la pensión.
Nuestra pensión tiene muchas habitaciones.
La he dibujado para mostrar que no es un laberinto.

Voy corriendo a enseñar a mamá mi diario.
–¡Mamá, ya tengo el diario!

–Ahora tengo mucho trabajo, cielo,
enséñaselo a la abuela.

La abuela canturrea[2] mientras quita el polvo.
–¡Abuela! –Corro hacia ella
y doy un salto para alcanzarla.

2. **Canturrear:** Cantar a media voz.

De nuevo hago volar todo el polvo.
–¿Quieres leer lo que he escrito?

La abuela pone morros:
–¿Para qué me haces comprar un diario con candado
si luego vienes a enseñarme lo que escribes?

Cuando ya ha leído el diario,
me siento de nuevo a escribir:

Mi abuela tiene el pelo algo acartonado
porque solo se lo lava una vez a la semana
en la peluquería.

–Abuela, "peluquería" lleva acento, ¿verdad?
–le pregunto.

–Supongo –me contesta.

Lo sé porque una vez le puse un papel de confeti
en el pelo y lo llevó cinco días seguidos.
Otra vez le puse un chicle y se le secó.
Tuvo que cortarse el pelo muy corto
porque no conseguía quitárselo.

Ahora, solo le pongo algo de miel o harina
cuando me prepara pescado,
que no me gusta nada... Chocolate no;
¡no se puede derrochar la cosa más deliciosa
del mundo!

—Abuela, ¿"derrochar" se escribe con dos erres?

—No lo sééé.

Siempre echo la culpa de todo a David.
La abuela siempre lo mima mucho
y le prepara leche con chocolate para merendar.

—Abuela, ¿"mucho" se escribe con "ch"?

—¿A mi qué me cuentas, criatura?

—Abuela, creo que tendrías que haber repetido
algún curso en el colegio.

La abuela refunfuña.

Cuando los mayores no miran,
me tomo toda la leche con chocolate de David.
Y como él está algo embobado, se queda mirándome
con la boca abierta.
Luego se marcha a casa llorando.

—Abuela, ¿"llorando" va con "ll"?

—¿No ves que yo no sé de estas cosas?

Me voy a la consulta de mamá.
Ella sabe muchas más cosas de escuela que la abuela.
Me siento al lado de Rosa para seguir escribiendo.

Como tengo muchas dudas,
voy hasta la puerta donde visita mamá.
Cuando abre la puerta,
aprovecho para preguntarle todo lo que puedo
hasta que vuelve a entrar en la consulta.

A la séptima vez, mamá me devuelve la pelota
y regreso al restaurante.

–¡Morrona! –le digo a la abuela,
y le paso la pelota, ensuciando el suelo
que acababa de limpiar–:
¡Ya podemos jugar a la pelota!

No sé por qué se enfada.
¡Si ha sido ella quien me ha comprado la pelota!

LA AMIGA DEL ALMA

Ya ha pasado un día entero de vacaciones,
y siento que me falta algo para pasarlo bien.
La abuela me dice:
—¿Por qué no vas a buscar una amiguita?

Y ¡ZUM!, una idea cruza mi mente.
¡Ya lo tengo! Lo que me falta es ¡una amiga del alma!
En clase, todas las niñas tienen una amiga del alma,
y los niños un amigo. Soy la única sin pareja.
No pienso desperdiciar ni un día más de vacaciones.

Voy a llamar a todas las compañeras de clase
y le suplicaré a cada una que sea mi amiga del alma.
Puedo ser muy pesada.

Busco la agenda de teléfonos del colegio
y una bolsa de pipas
y me voy a la consulta de mamá.
Me siento al lado de Rosa, la recepcionista.

–¿Quieres pipas? –le ofrezco a Rosa.

–No –me responde irritada,
sin apartar los ojos del ordenador.

–¿Rosa, por qué tienes tan mal humor? Eres muy joven.
¿Te ha pasado alguna desgracia?

–Sí –me mira al fin–. Tú.
Llevas un día de vacaciones y ya no aguanto más.
No me dejas concentrar en mi trabajo,
entrando y saliendo todo el día,
jugando con la pelota, molestando a los clientes,
y… ensuciándolo todo –señala las cáscaras
que he escupido sobre la mesa.

—Yo no ensucio —digo tapando las cáscaras
con el codo.

Rosa resopla y vuelve a mirar su ordenador.
Yo la observo un rato más.

Creo que Rosa también necesita una amiga del alma.

Mamá dice que es una chica con pocos amigos,
y que tiene aficiones algo solitarias,
como hacer ganchillo[3], que es como hacer media
pero con agujas más pequeñas. Estoy convencida
de que si tuviera una amiga estaría de mejor humor.

Me olvido de Rosa,
y empiezo a repasar la lista de teléfonos.

A Daniela no la llamaré,
siempre da tirones de pelo a sus amigas.

—Buenos días —me saluda mamá,
que sale de una visita.

—¡Mamá! —Me lanzo a sus brazos
y todas las cáscaras caen al suelo.

3. Hacer ganchillo: Técnica para tejer, hilo o lana, que utiliza
una aguja corta o específica llamada ganchillo o aguja de croché.

—¿Qué es este desbarajuste?

Rosa responde por mí:
—Lo siento, pero esto yo no lo voy a limpiar.
Ya sabes que a mí no me importa pasar la escoba
al terminar el trabajo, pero esto ya es demasiado.

—Claro, claro —mamá la tranquiliza—.
Ya encontraremos una solución. —Y entonces
me mira—: Y tú haz un esfuerzo para no ensuciar.

La puerta de la calle se abre
y una mujer con cara de estar muy cansada
entra con su hijo.
Lo conozco. Es un niño alocado del colegio
que se pasa todo el recreo corriendo
por el campo de fútbol, siempre solo.
Va a mi curso, pero al grupo B.
Y yo no hablo con los caraduras del grupo B
porque casi nunca les ponen deberes.

Me siento, de un salto, en la silla,
detrás de la mesa, para parecer importante
y de paso vea que no soy una clienta.

—Buenos días —dice la mujer a Rosa—,
tenía hora para hacer unas plantillas al niño.

—¿Cómo se llama?

—Johan Ríos Cantalapiedra —responde.

Rosa comprueba la lista y asiente:
—Ya pueden pasar a la salita de espera.

—¿Sería posible hablar antes con la dueña,
por favor? —pregunta la mujer.

—Yo misma —dice mamá.

—Mire —dice la mujer en voz baja—,
querría saber cuánto me van a costar las plantillas
porque no estoy segura de poderlas pagar de una sola vez,
y no sé si a usted le importaría…

—No sufra —la interrumpe mamá—, ya buscaremos
la manera de pagarlo cuando le vaya mejor.

—Muchas gracias —le sonríe la mujer, aliviada,
y se va a la salita de espera con su hijo,
que cuando pasa por mi lado
me hace una gran sonrisa.

Yo no se la devuelvo, porque es del grupo B.

Cuando mamá los avisa para pasar, le pregunto:
—Mamá, ¿puedo ayudar a hacer los moldes?

—Si a Johan le parece bien, adelante.

Johan asiente sin parar, con la sonrisa de antes.

Me encanta ayudar a mamá
con los moldes de las plantillas.
Y ahora podré presumir de ser buena ayudanta
delante de un caradura del colegio.

Mientras sujeto los pies de Johan
para que no los mueva, las mamás charlan sin parar.

Me entero de que el padre de Johan se marchó
cuando él era un bebé, que no les pasa la pensión
—que no sé qué será— y que su mamá
trabaja limpiando casas para poder pagar la hipoteca
—que tampoco sé qué es, pero parece algo malo—
y todas las facturas.
Y aun así no le alcanza para todo.

Además, como la mamá de Johan trabaja todo el día,
cuando hay vacaciones del colegio
tiene que buscar a alguien con quien dejar a Johan.

Casi se pone a llorar y mamá la consuela.
Parece que esta mujer también necesita una amiga.

—Tengo una propuesta —dice mamá—.
Me iría bien tener a alguien que venga
a limpiar la consulta después de cerrar.
Si le interesa, el trabajo es suyo.
Y el niño puede jugar con Judith siempre que quiera.

Me acerco a mamá con paso discreto:
—Mamá… —susurro con la boca medio abierta—,
yo no juego con los del B.

—Seguro que pronto será tu amigo —me dice ella,
sin disimular.

A veces mamá tiene unas ideas terribles.
¡Las peores ideas del mundo!

Salgo enfadada y vuelvo a sentarme junto a Rosa.
Johan me sigue descalzo
y deja todo el suelo lleno de huellas de yeso.
Retomo la lista de teléfonos
y hago como si la revisara.
Johan se queda de pie, junto a mí, sin decir nada.

—No jugaremos juntos —le digo sin mirarlo.

—Ni yo quiero. No juego con los caraduras
del grupo A.

—¿Para qué me sigues, entonces? —le pregunto.

—Te sigo y te sonrío para que mamá crea
que sí sé hacer amigos y no me dé más la lata.
Tiene miedo de que acabe solo, como ella.

Me he quedado sin palabras, así que vuelvo al listado.

Me doy cuenta de que Rosa se está cansando
de tenernos allí:
—Escucha, mocoso —le dice a Johan—,
si te quedas aquí no puedo mover la silla.

—¿Por qué está de mal humor? —le pregunta él.

—Porque estoy harta de tanta chiquillería.

—¿Usted tampoco sabe hacer amigos? —insiste Johan.

A mí se me escapa la risa, lo miro de reojo
y moviendo la boca y gesticulando le digo:
"No, no sabe".

Rosa nos mira con una cara terrorífica.
—Vamos a la salita de espera, Johan —le digo
para salvarlo de lo que pueda pasar.

En la sala le explico:
—Siempre está de mal humor
y creo que es porque no tiene amigos.

—Pues mi mamá siempre está triste,
y también creo que es porque no tiene amigos.

Nos miramos un momento y cuando veo que sonríe,
exclamamos a la vez:
—¡Podemos hacer que se hagan amigas!

—¿Cómo podríamos conseguirlo? —pregunta él.

—No lo sé. ¿Cómo se hace amiga la gente? —digo yo.

—No lo sé… —Se rasca la cabeza—.
¿Y si las obligamos?

—Mamá siempre dice que no hay que obligar
a nadie a nada.

—Mmm… ¿Las amenazamos?

—Mamá siempre dice que no hay que amenazar
a nadie para nada.

—Bueno, y ¿qué dice tu mamá que sí se puede hacer?

—Ayudar…

Entonces, ¡ZUM!, una idea cruza mi mente y digo:
—¿Y si nos convertimos en esos enmascarados
que ayudan a la gente?

—¡Justicieros! —exclama Johan poniéndose de pie,
con las manos en la cintura y mirando al cielo.

—¡Sí! —Lo imito.

—¡Niñoooos! —Mamá se asoma por la puerta—.
Johan tiene que ir a lavarse los pies.

La seguimos por el pasillo.
—Veo que ya has hecho un nuevo amigo —me dice sonriendo.

—No nos hemos hecho amigos —responde Johan—.
Somos justicieros, ayudamos a la gente.
Estamos ideando un plan.

—Un plan… —dice mamá—,
otro que tiene grandes ideas, como Judith.
Es una buena característica en común.
Así empiezan las amistades.

Johan y yo nos miramos y sonreímos.
Mientras se lava los pies le digo:

—Mi mamá nos ha dado la solución.
¿Te has dado cuenta?
Tenemos que encontrar alguna cosa
que Rosa y tu mamá tengan en común.

—¿Cómo qué?

—No lo sé. Eso es lo que hay que encontrar.

—A mi mamá le gusta la música de los Pecos[4],
bailar cuando cree que nadie la mira,
llorar con las películas de amor,
hacer y comer tartas de manzana...
—dice y saca de debajo de la camiseta
unas agujas de tejer—. ¿Jugamos a mosqueteros
y nos imaginamos que esto son las espadas?

—¿De dónde las has sacado? —le pregunto.

—Son las agujas de ganchillo de mamá,
pero yo las utilizo para luchar contra...

—¡Basta! ¡No me digas más! ¡Rosa es fan del ganchillo!

4. **Pecos:** Dúo musical español de la década de 1970.

Johan abre los ojos de la emoción:
—¡Mi mamá también!

La mamá de Johan habla con Rosa
para pagar una parte de las plantillas.
Yo me pongo al lado de Rosa y le pregunto:
—Rosa, ¿la camiseta que llevas
está hecha de ganchillo?

Rosa me mira con mala cara.
—Esto es una camiseta de algodón, niña.

—¡Qué gracia los niños! —dice la mamá de Johan—.
El ganchillo no es liso como esta camiseta, bonita,
hace como un bordado. A mí me gusta mucho
hacer ganchillo.

—Ah, ¿sí? —respondemos Rosa y yo
al mismo tiempo, pero dejo que Rosa continúe—:
¡A mí me encanta! —dice.

—¡No me digas! —exclama la mamá de Johan.

Las mujeres charlan y charlan.
Que si el punto de cadeneta,
que si el anillo mágico, que si el punto enano,
que si el punto bajo, que si el cambio de color...

—Pues ahora que trabajaré aquí —dice la mamá
de Johan emocionada— y nos veremos a menudo,
te traeré una revista donde explican
cómo hacer una colcha preciosa.
Y si quieres venir un domingo
a tomar tarta de manzana,
te puedo enseñar a hacer una funda.

Bla, bla, bla... ¡ya no las escucho más!
Todo lo que dicen me parece aburridísimo.
Cuando miro a Johan,
veo que se ha quedado dormido. Le doy un codazo.

—¿Vamos a ayudar a otras personas?

—Es verdad. —Se despierta—: ¡Somos justicieros!
Pero, ¿a quién ayudamos?

Justo en ese momento veo pasar por la calle
a Samsón, el gato enclenque[5] de la vecina.
Samsón corre a toda velocidad,
un perro pequinés lo persigue.

—Vamos —digo tirando a Johan hacia fuera—,
un gato nos necesita. Por cierto. —Me paro
un momento para mirarlo de frente—:
¿Seremos amigas del alma?

—De acuerdo… —Se queda pensando—.
Pero yo soy un niño.

—Pero es que yo necesito una amiga del alma.

Johan se queda pensando de nuevo.
—De acuerdo. Yo necesito un amigo no imaginario.

—Pero yo soy… —Me lo pienso bien—. De acuerdo.

Y salimos disparados al rescate de Samsón.

5. **Enclenque:** Débil, enfermizo.

CARACOLES BOBOS

Mi mamá ama los animales,
y me ha contado muchas veces
que no debemos hacerlos sufrir:
los animales son seres vivos que pueden tener
sentimientos, y pueden notar el dolor.

Mamá me lo repitió hace unos días,
cuando Johan y yo encerramos a Samsón,
el gato de la vecina, en una caja de zapatos
para salvarlo del perro pequinés que lo perseguía.

El problema fue que lo ocultamos
debajo de la escalera que lleva a la pensión.
Y estando allí, descubrimos ¡unos bombones
escondidos del abuelo!

Empezamos a comernos los bombones
y nos olvidamos del gato.

A la mañana siguiente, la abuela oyó ruidos
debajo de la escalera, encontró la caja, la abrió,
y el animal salió dando un salto.
La abuela tuvo un susto que casi cae al suelo.
El gato salió corriendo y, de momento,
no lo hemos vuelto a ver.

Papá se enfadó mucho:
–¿Pero qué ideas son esas de encerrar a un pobre gato
en una caja? Ya eres mayor, hay que pensar mejor
lo que se hace.

–Nosotros solo queríamos salvarlo del perro pequinés
que lo perseguía. Queríamos hacer justicia –dije yo.

–¡Todo lo entiendes al revés! –dijo papá, desesperado.

—Papá tiene razón, hija —añadió mamá—.
No sirve de nada salvar a un animal
si luego le haces daño.

—De acuerdo… —dije yo.

Por la mañana, mientras Johan y yo desayunamos
en el restaurante, vemos como entran unos señores
cargando tres sacos de caracoles de viña
y los suben a la despensa.
Papá quiere cocinar caracoles.

—¿Me dejarás probar los caracoles de tu papá
cuando estén listos? —me pregunta Johan.

—¿Estás pensando en comértelos? —grito yo.

Johan me mira sin saber qué contestar.

—Con la de problemas que tuvimos
por tener un gato en una caja... —le recuerdo—.
¡Por lo menos el gato estaba solo en la caja!,
pero ellos, ¡mira! ¡Montones y montones de caracoles
apilados en un saco!

—Tengo una idea de justiciero —dice Johan.
Y me la cuenta al oído.

Dejamos a medias la leche con cacao y cereales
y subimos de puntillas a la despensa.
Johan sube la escalera pegado a mí.
Dice que tiene miedo del fantasma de la despensa.
Yo le digo que los fantasmas no hacen daño
si no los molestas.

Cuando llegamos arriba, abro la puerta con fuerza
y enciendo la luz.
Entro en la despensa y miro por todas partes.
Johan salta a mi lado y hace una posición de karate,
mirando a derecha y a izquierda,
preparado por si ataca el fantasma.

Pero en la despensa solo hay estantes
llenos de comida: tarros de tomate, bebidas,
hierbas aromáticas, sacos de garbanzos, alubias,
arroz… y también caracoles de viña.

Los sacos de caracoles están delante del estante
de los tarros de dos quilos de mayonesa.
Johan se pone a probar la mayonesa.

Me agacho frente a los sacos de caracoles.
Pobres animalitos, pienso,
intentan salir por los agujeros de los sacos,
pero el caparazón no les permite pasar.

—Ha sido una buena idea —le digo a Johan—.
¡Hay que salvarlos!

Salgo corriendo a buscar mis tijeras rojas del colegio,
que llevan una etiqueta con mi nombre
por si las pierdo. Soy un poco despistada.

Cuando vuelvo,
veo a Johan de rodillas frente a los sacos,
intentando romperlos con los dientes.

—Ya no hacen falta las tijeras —me dice sonriendo.

Cuando se pone de pie, se tambalea,
y veo que tiene la cara llena de mayonesa.

—¿Te has comido todo el tarro de mayonesa?
—le pregunto.

—Casi —responde lamiéndose los dedos.

–¡Deja de comer! Acabarás vomitando
y se darán cuenta de que hemos estado aquí.

–Tienes razón. –Cierra el tarro y lo guarda donde estaba.

Mientras bajamos las escaleras, le pregunto:
–Has hecho los agujeros pequeños
para que no nos descubran, ¿no?

Me responde que sí, con cara de estar mareado.
Estoy contenta.
Pienso que mamá y papá estarían orgullosos de mí.
Creo que he entendido
cómo hay que tratar a los animales.
Pero, por si acaso no lo he entendido bien,
no se lo contaré a nadie. Por este motivo,
he intentado no dejar ningún rastro en la despensa.

Cuando llegamos al restaurante de nuevo,
Johan dice que no se encuentra bien y se marcha.
Vaya justiciero más débil…

Los cereales están tan pastosos que parecen puré.
Meto la mano en el bol de leche,
los agarro y los exprimo.
Morrona dice que no hay que tirar la comida,
así que meto los cereales en su caja de cereales
de régimen.
Entonces lleno otro bol con mis cereales.
¡Qué ricos están!

Cada noche, papá y los abuelos cenan muy temprano.
Tienen que abrir el restaurante
a la hora que llegan los clientes.
A mí me gusta cenar con ellos.
Y después tomo un poco de leche con galletas
cuando cena mamá.
Siempre intento comer rápido.
Así puedo ir con Johan y hacer de justicieros.

Pero esta tarde Johan me ha llamado.
No puede moverse del cuarto de baño
por el dolor de barriga que tiene.
Por eso, esta noche,
mastico los macarrones con calma
y escucho lo que dicen los mayores.
Hablan sobre cómo cocinar los caracoles.

—Podrías cocinarlos a la gormanda[6]
—propone la abuela.

Caracoles bobos a la gormanda, pienso yo,
porque los listos ya se habrán escapado.
Me tapo la boca para que no vean que me río.

—¿Una cazuela de conejo y caracoles?
—dice papá—, ¿o con pies de cerdo... o con espinacas?

—¿Y cuántos pondrías por ración? —pregunta el abuelo.

—Si son asados o a la gormanda, unos 60.

La abuela se levanta y empieza a apilar los platos.

—Llevo los platos a la cocina y subo a la despensa
—dice, cargada—, necesito tomate para el sofrito.

Levanto la cabeza, y con la boca llena de macarrones
digo:
—¡Abuela, te olvidas los postres!

—No me olvido... —Entra en la cocina,
y sale con un yogur de fresa.

6. **Gormanda:** Receta para cocinar caracoles con laurel, ajo y harina.

Cuando la abuela se da la vuelta, tiro de su manga:
—No te vayas, hazme compañía.

—Pero si siempre quieres que te deje tranquila —dice—.
¿Hoy no te molesto?

Digo que no, y ella parece satisfecha.
No quiero perderme qué dirá la abuela
cuando vea un caracol listo fuera del saco.

Termino el yogur, la abuela me revuelve el pelo,
se levanta y se va hacia la escalera
que sube a la despensa.
Espero un poco antes de levantarme y la sigo de lejos.
Me paro a media escalera.
La abuela abre la puerta, y…

—¡Ahhh!

La abuela chilla muy fuerte, asustada.
Bajo los escalones de tres en tres.
No sé qué habrá visto, pero mejor no estar allí.

Me escondo en la habitación del lavaplatos
y oigo a papá y al abuelo subir las escaleras muy deprisa.
Como esta habitación comunica
el restaurante con la consulta de mamá,
abro la puerta y entro en la consulta.

Es tarde, pero aún hay clientes en la salita de espera:
mamá está ocupada y no me hace caso.
Me siento junto a Rosa, que me mira mal,
y me pongo a jugar a un juego de ordenador.

Papá se asoma por la puerta, muy serio,
y con el dedo me hace una señal. Quiere que lo siga.

Preocupada, lo sigo escaleras arriba hasta la despensa:
los abuelos están allí, con cara de sorpresa.
Yo también me sorprendo:
las paredes de la despensa están cubiertas
de caracoles y de baba de caracol.
También el techo, los tarros de tomate,
los de mayonesa y los sacos de garbanzos
están cubiertos de caracoles.
Incluso hay un caracol en la bombilla.

Los tres sacos están en el suelo,
solo hay unos cuantos caracoles en cada uno:
los más bobos.

—¿Qué es esto? —me pregunta papá.

—Yo creo que los caracoles son muuuy listos.

—Ah, ¿sí? —Papá cruza los brazos—. Hija, ¿me puedes
explicar por qué son tan listos estos caracoles?

—Pues… —Pienso una buena respuesta a toda velocidad—.
Quizás te han oído hablar de cocinarlos, papá.
Si escucharas a un gigante que habla de cocinarte
a la gormanda o con pies de cerdo, ¿no te escaparías?

Papá mueve la cabeza arriba y abajo,
asintiendo, muy serio:
—Cuéntame por qué lo has hecho, Judith.

—¿Yo? —protesto—. ¡No tienes ninguna prueba
de que haya sido yo! —le digo, satisfecha.

Papá aparta uno de los sacos,
levanta mis tijeras rojas y lee la etiqueta:
—Judith Casals Grau.

¡Qué despiste!
Me armo de valor, levanto un brazo y grito:
—¡Somos justicieros y nuestra misión es ayudar!

—Y harás justicia ayudando a limpiar esto —me grita el abuelo.

Pienso alguna cosa para defenderme:
—Es que… papá, ¡has hecho algo terrible!

—¿Yo? —Se sorprende.

—¿Pero qué ideas son esas de encerrar a los caracoles?
Ya eres mayor, deberías pensar mejor lo que haces.

Papá se tapa la cara con las manos, susurra:
—Ha entendido las cosas al revés.

Luego suspira y me mira.
—Judith, si no tienes que comerte un animal,
como un gato, no debes encerrarlo.
Pero, si tienes que comértelo,
tienes que encerrarlo. Porque si no, se escapa.

Y si se escapa, ni mamá, ni los abuelos,
ni tú, ni nadie podrá comérselo. ¿Está claro?

Pienso un poco lo que me dice papá.

Le doy la mano y lo llevo a la consulta de mamá.

Llegamos cuando mamá se despide de una señora.

–Mamá –pregunto–, ¿a ti te gustan los caracoles?

–No –responde ella.

Me acerco a Rosa:

–Rosa, ¿a ti te gustan los caracoles?

Rosa está concentrada con algo del ordenador,

solo mueve la cabeza de lado a lado.

–De acuerdo –me rasco la cabeza y calculo–.

A mamá, a Rosa y a mí no nos gustan los caracoles.

Una persona puede comer 60 caracoles.

Si sumo mis 60 caracoles, más 60 caracoles de mamá,

y 60 caracoles de Rosa… –Intento sumar con los dedos.

–Son 180.

Papá me ayuda.

Él sabe mucho de matemáticas.

—Entonces —continúo yo—, cada día
quiero dejar libres 180 caracoles,
que son los caracoles que ni mamá, ni Rosa, ni yo
nos comeremos —termino, orgullosa.

Papá se tapa la cara con las manos de nuevo:
—Haremos un trato —me dice—. Dejaremos libres
180 caracoles si prometes no volver a soltar
los caracoles que yo compre, nunca más.

Me lo pienso rápido, y entonces…
¡ZUM!, una idea cruza mi cabeza.

—Te lo prometo —digo, sonriendo.

Papá no se da cuenta de una cosa:
Johan no ha prometido nada. Sonrío un poco más.

¡A JUGAR EN LA CALLE!

Después del incidente con los caracoles,
estuvimos recogiendo caracoles hasta tarde,
y los llevamos al campo. Aun así, esta mañana,
seguían saliendo caracoles por todos lados.

Y, al mediodía, una clienta ha empezado a chillar
porque ha encontrado un caracol vivo en el tenedor.

Johan y yo estábamos ayudando a los camareros.
Cuando hemos oído el grito,
nos hemos acercado a la señora.
Saltaba, histérica.
Para que se tranquilizase,
Johan ha sacudido una botella con agua gasificada
y ha rociado a la señora de la cabeza a los pies.

La señora ha resbalado y se ha caído.
Entonces, yo le he tapado la nariz
para hacerle el boca a boca.
He visto muchas películas de socorristas.
Sé cómo se hace.

El abuelo ha sido el primero en llegar.
Cuando ha visto lo que pasaba,
su cara se ha puesto naranja, luego roja
y después morada.
Johan y yo hemos salido corriendo.

Cuando Johan se ha ido, el abuelo me ha gritado:
—¡Te prohíbo hacer de justiciera nunca más!
¡Tienes que jugar a cosas de niña normal!

¿Niña normal? ¿A qué juegan las niñas normales?

Al día siguiente, después de comer,
llamo por teléfono a Johan
y le pregunto si quiere venir.

—¿Haremos de justicieros? —me pregunta.

—No... —le respondo triste—, podemos salir a la calle,
¡seguro que se nos ocurre otra cosa!

—Yo soy un justiciero —me contesta—.
Solo puedo hacer justicia. —Y cuelga.

Entro en la cocina, me siento en un taburete
y miro aburrida a los mayores que trabajan.
El abuelo entra cargado de platos
y me mira con pena:

—Judith, ve a jugar en la calle.
No es bueno estar todo el día en casa.

No quiero salir sin Johan, mi amiga del alma.
Pienso un momento
y decido ir a buscar a mi amiga Paula.

Paula es dos meses mayor que yo,
le encantan los dulces
y no le gusta nada que la llamen "pequeñaja".
Llevo días sin verla.

Desde que se rompió la pierna,
su mamá no la deja jugar conmigo.

Hace días, Paula se quejaba de que jugábamos
siempre a cosas aburridas.
En la calle del restaurante hacían obras,
y los agujeros de las alcantarillas estaban abiertos.
Propuse a Paula jugar a la gallinita ciega
cerca de los agujeros,
para que fuera más emocionante.

–Ni de broma –me dijo Paula.

Yo la llamé "pequeñaja", y ella contestó "de acuerdo…".
Le tapé los ojos con un calcetín sucio del abuelo.
Yo hacía ruidos y ella tenía que alcanzarme.

En un momento, Paula dio un giro y cayó
en uno de los agujeros de la alcantarilla.
Lloró un montón, y me dio un poco de pena:
dicen que romperse la pierna duele mucho…

La peluquería de la mamá de Paula está al doblar
la esquina de la calle del restaurante de papá.
Para ir allí, tengo que esquivar los agujeros
de las alcantarillas, que aún están abiertos.
Doy un rodeo[7], para que no me pase como a Paula.

Entro en la peluquería y suplico a la mamá de Paula
que nos deje jugar juntas.
—¡No quiero que se rompa la otra pierna! —me chilla.

La mamá de Paula, cuando se enfada, da miedo.
Insisto poniendo cara de niña buena.
Me mira sin fiarse del todo de mí, y al fin dice:
—¡Pero nada de jugar a la gallinita ciega!

—Lo prometo.

La mamá de Paula me sigue mirando fijamente.
Creo que se ha dado cuenta de que me estoy fijando
en las muletas de Paula.

—Y nada de jugar con las muletas —añade ella.

Pongo morros, como la abuela, y digo a regañadientes:
—Lo prometo...

7. **Dar un rodeo:** Tomar un camino más largo que el habitual.

Vamos a jugar en la calle.
Los coches no pueden pasar porque es peatonal.
Allí nos encontramos a David,
el hijo del camarero del restaurante.
Está esperando a que su papá termine el trabajo.

Propongo a Paula y David jugar al escondite.
Como Paula no puede correr,
tendrá que contar todo el rato.

Cuando Paula empieza a contar,
David y yo entramos corriendo en el restaurante.
Aún quedan unos pocos clientes.
El abuelo nos ve y nos llama:

–¡A jugar en la calle! –Nos empuja hacia fuera–.
Aquí dentro no quiero criaturas corriendo.

En la calle Paula sigue contando, va por el 22.
¡Se nos acaba el tiempo! Así que nos escondemos
en un portal.

Cuando oímos a Paula gritar "¡30!",
un chico delgado y feo que anda por la calle nos señala:
–Aquí y aquí –dice el chico a Paula, y sigue andando.

Salimos de nuestro escondite:
–¡Bocazas! –le grito–.
Ojalá pises una caca de perro asquerosa,
te caigas encima, te rompas todos los dientes
y tengas que ponerte una dentadura postiza
como la del abuelo.

–¡Sí! –dice David–, y ojalá tengas que pegarte
la dentadura con un chicle, y…

El chico se gira con cara intimidante,
nos hace un gesto amenazador y se marcha.

David se pone a temblar.

Continuamos jugando.
De repente, vemos al chico de cara amenazadora
que corre hacia nosotros, ¡con un hacha!

Empezamos a gritar y damos vueltas,
no sabemos hacia donde ir.
Nos decidimos a entrar en el restaurante,
pero el abuelo nos cierra la puerta en los morros:

—¡He dicho que a jugar en la calle! —exclama el abuelo
desde detrás del cristal.

—¡Abuelo! —le grito golpeando la puerta con los puños—,
¡que nos quieren matar con un hacha! —Pero da media vuelta
a la llave y cierra.

Por un extremo de la calle, veo a Paula saltando a la pata coja.
David la adelanta, llega a la esquina.
Por el otro extremo de la calle, veo al chico del hacha.
Salgo corriendo, disparada, hacia mis amigos.
Corro tan rápido que los adelanto.

Cuando ya he pasado las obras de las alcantarillas,
me doy la vuelta: no veo a Paula.
Quizás se ha escondido.
David tiene al chico del hacha muy cerca.
Entro en la peluquería de la mamá de Paula
y me escondo bajo el mostrador.
La mamá de Paula no tiene tiempo
de preguntarme nada:
el chico entra por la puerta con el hacha.

—¿Se puede saber qué haces? —le grita la peluquera.

El chico da un paso hacia dentro,
pero la mamá de Paula le corta el paso.

—¡Véte de aquí, granuja! —Y lo mira como ella sabe,
con esa cara que da tanto miedo.

El chico se sorprende y retrocede hasta la calle.
Empieza a perseguir a David.
Qué simpática me ha parecido la mamá de Paula,
y qué suerte que dé tanto miedo…

Veo como sus pies se acercan hacia mí,
y como se agacha:
—¿Y mi hija? —me grita.

Salgo tan rápido como cuando me perseguía
el chico del hacha. Delante del restaurante me paro
y empiezo a golpear la puerta.
Mientras espero, veo pasar a David
perseguido por el chico del hacha.
Detrás de él, veo a Johan con una muleta de Paula bajo el brazo,
como si fuera una lanza en un torneo de caballeros.

Mamá me abre:
—¡Mamá, a David lo persigue un chico con un hacha!
¡Hay que salvarlo!

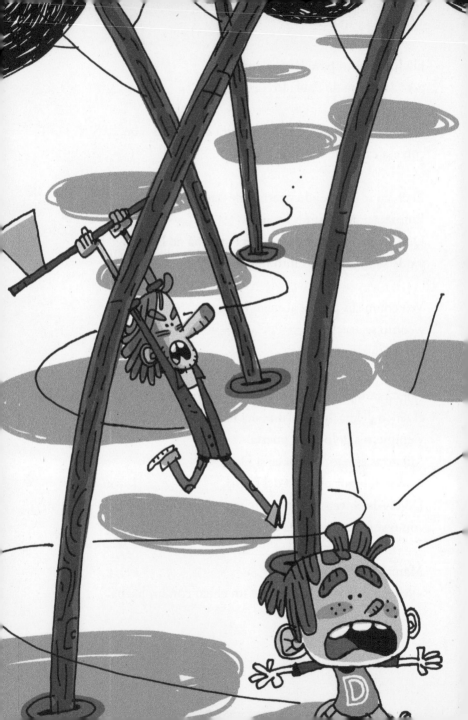

El papá de David está recogiendo las mesas.
Me oye y, asustado, me pregunta donde está su hijo.
Yo señalo con el dedo y él sale disparado.
Yo corro detrás de él, pero mamá me alcanza y me detiene.
—¡Quieta aquí!

Papá habla en el comedor con Óscar,
un cliente del restaurante que es policía.
Óscar llama por teléfono a otros policías.
Se oyen gritos en la plaza, y todos corremos
a ver qué pasa. David llora acurrucado en un rincón
y, delante de él, está el chico del hacha
que anda medio cojo
ya que Johan le agarra de la pierna
como si fuera un coala en un tronco.
Veo el hacha tirada por el suelo,
y la muleta de Paula por otro lado.

—¡Johan! —chilla mamá—. ¡Basta ya!

—¡Sí! —grita Óscar, que se acerca al chico poco a poco
porque no lleva uniforme de policía, ni arma—,
¡Johan, aléjate!

Johan no les hace caso
y da un mordisco al chico en la pierna.
El chico aúlla, y se dobla por el dolor.

Antes de que pueda ponerse derecho de nuevo,
el papá de David llega corriendo,
le salta encima y lo inmoviliza con su peso.

Entonces Óscar le salta también encima
para ayudar al papá de David.
Oímos las sirenas de los coches de policía,
que frenan de golpe cerca de nosotros.
Enseguida bajan muchos agentes de la policía
y le ponen las esposas al chico del hacha.

Mamá y la abuela no dejan de besuquearme.
Alrededor de Johan mucha gente lo aplaude
y le dicen que ha sido muy valiente. ¡Qué caradura!
Si el chico ha venido con el hacha gracias a mí,
por todo lo que le he dicho sobre las cacas
y los dientes postizos…

Óscar nos cuenta que justo ayer
el chico se escapó de la prisión.

El chico me mira desde la ventanilla del coche,
y le saco la lengua para que se acuerde de mí.

Así, el día que se vuelva a escapar de la prisión
vendrá a atacarme y yo podré hacerme la valiente
y todo el mundo me aplaudirá.

Los papás de David se lo llevan,
lleno de mocos y lagrimones de tanto llorar,
y le prometen un montón de caramelos.
Johan viene hacia mí:

—¿Qué hacías tú por aquí? —le pregunto.

—Iba a jugar contigo, pero he escuchado
gritos de auxilio y he tenido que actuar.
—Alza el puño como un superhéroe.

Me siento rabiosa de envidia,
y quiero darle un tortazo, pero no lo hago
porque ahora todo el mundo admira a Johan,
y si le pego, todos pensarán que soy malvada.

No me parece justo que a David le compren
un montón de caramelos
y Paula, que es muy golosa, se quede sin dulces.

Recojo del suelo la muleta de Paula
para devolvérsela y me dirijo hacia el restaurante.
Entro y me llevo del congelador de papá
un cono del helado que le gusta a Paula
y se la llevo a la peluquería.

Le daré el helado y le diré que es una gran atleta,
que nunca he visto a nadie correr tan rápido
a la pata coja mirando hacia atrás.

Al doblar la esquina me paro: los bomberos
están sacando a Paula del agujero de la alcantarilla.
Llora mucho y se toca la pierna buena,
que ya no parece tan buena.
La estiran en una camilla.

Su mamá se da la vuelta y me ve. Está muy enfadada.

Dejo la muleta apoyada en la pared.
Me guardo el helado en el bolsillo y me marcho.
¿A quién se le ocurre correr a la pata coja mirando hacia atrás...?

Cuando llego al restaurante,
todos me preguntan dónde estaba.
El abuelo me levanta y me sienta en su regazo:
—Criatura, será mejor jugar en casa.
No es bueno pasar todo el día en la calle.

—Y ¿puedo hacer de justiciera...? —le pregunto yo.

—No.

HIPO

–¡Hip!

–¿Tienes hipo? –me pregunta Johan en la oscuridad.

Estamos debajo de la escalera que lleva a la pensión
del restaurante.

–No. –Meto la mano detrás de un ladrillo roto
y busco a tientas.

Esta tarde, los abuelos han llegado cargados de bolsas.
Una estaba llena de tabletas de chocolate.
La abuela siempre esconde las cosas
que me gustan en escondites diferentes.
Nuestro objetivo, hoy, es encontrar los escondites.

–¡Hip!

–Pues yo oigo un hipo –insiste Johan.

–Debe de ser Antonio. Es su hora de cenar.

El restaurante de papá no es solo un restaurante,
también es una pensión, y de lunes a viernes
está llena de albañiles que se quedan a cenar y dormir.
Antonio es uno de esos albañiles.

–¡Hip!

–Salgo y le doy un susto –me dice Johan.

–No funcionará –le advierto–. Su hipo no es fácil
de quitar. Antonio nos contó que hace más de 20 años
que tiene hipo, y ningún médico, ningún curandero
ni yo misma hemos conseguido que se le quite.

—Alucina… –dice Johan, pensativo–. Entonces,
le daré el susto más espectacular de la historia.

—¡Hip! –Oímos de nuevo.

—Voy a ir –avisa Johan.

Sale de nuestro escondite y se da un buen mamporro
en la frente contra los peldaños, que lo deja aturdido.
Zarandea la cabeza y continúa su camino.

Sigo a Johan y veo, como cada tarde,
a Antonio sentado en una mesa con cara triste.
Está pellizcando el pan
mientras espera a sus compañeros albañiles.
Johan se arrastra entre las mesas y las sillas
con las agujas de ganchillo de su mamá en las manos.
Se aproxima cada vez más a su víctima, Antonio.

—¡Hip!

Johan está muy cerca de la mesa de Antonio
y se prepara: se pone en cuclillas.

—¡Hip!

Entonces, Johan salta encima de la mesa
poniendo cara de loco:

—¡Buuuh! —Johan le muestra a Antonio sus dientes,
igual que haría un perro rabioso.
Johan avanza a cuatro patatas
por encima de la mesa. Tira todos los cubiertos—.
¡Buuuh! —va repitiendo con una cara cada vez
más rabiosa, hasta que llega justo delante
de la cara de Antonio—. ¡Buuuuuuuuuuuh!

—¡Hip!

Antonio, con cara de aburrimiento,
se limpia con un pañuelo las babas
que Johan le ha lanzado con su último susto.

Morrona sale de la cocina con unos morros
de los grandes:
—¿Se puede saber qué estás haciendo, criatura?

—Yo no he hecho nada —me defiendo.

–¡Baja de ahí, loco! –grita la abuela a Johan
mientras con un trapo lo sacude
como si fuera polvo–. ¡Y dame esas agujas,
que vas a hacerte daño! –Y la abuela se las quita.

Johan baja de la mesa a cuatro patas,
y se acerca a mí.

La abuela pide disculpas a Antonio
y recoloca el mantel.

–No se preocupe, señora Ramona, ¡hip!,
estoy acostumbrado a estas cosas, ¡hip!

–¡Ya puedes recoger todo este desastre
y volver a poner la mesa! –grita a Johan.

Yo me enfado:
–Pero si…

–¡Tú también! –me riñe la abuela
y vuelve a entrar en la cocina.

—Debería volver a casa –dice Johan–.
¿Le puedes pedir a tu abuela
que me devuelva las agujas de ganchillo?
Son de mamá, y ya he perdido un montón.

—Le pediré lo que sea, pero tú te quedas aquí
a poner la mesa –digo yo, tirando de su camisa–,
¡siempre pasa lo mismo!

Johan se lanza al suelo para recoger los cubiertos.
Yo voy a buscar cubiertos limpios.
Cuando me doy la vuelta, me encuentro a Johan
nariz con nariz. Johan pone una sonrisa de loco.

—¿Qué haces? –Me aparto sin entender qué pasa.

Johan empieza a reírse como los malos
de las películas, se dobla de tanta risa,
y al final se cae al suelo.

—¿Pero qué pasa?

Johan calla de repente, me indica con el dedo
que guarde silencio y que me estire en el suelo con él.
Nos arrastramos hasta llegar al mueble de los vasos.

–¿Qué? –insisto. No entiendo nada.

Mete la mano por debajo del mueble
y saca seis tabletas gigantes de chocolate.
¡Me quedo con la boca abierta!

–¡La mitad para cada uno! –le digo.

–No, acordamos que la persona que las encontraba
se quedaba una más.

–De acuerdo –digo–. La mitad de seis son dos.
Si sumamos una tableta a dos, te tocan tres.
Y yo me quedo las otras. –Le quito
tres tabletas de avellanas tan rápido como puedo,
para que no tenga tiempo de pensar.
Me las guardo dentro de los pantalones
y las cubro con la camiseta por fuera.

Mientras pongo los cubiertos en la mesa
veo a Johan muy concentrado,
contando con los dedos una y otra vez.

Voy a buscar las servilletas.
Con el dedo noto algo al final del cajón.

Levanto las servilletas y abro mucho los ojos.
¡No me lo puedo creer!

La cara de Johan aparece de pronto.
–¿Por qué abres tanto los ojos?

Aparto las servilletas con una sonrisa gigante
y le enseño ocho tabletas de chocolate.

–¡Qué bien! –grita Johan–, la mitad de ocho son tres,
o sea que ¡cuatro para ti, y las otras para mí!

–No, tonto. ¡Qué dices! La mitad de ocho son cuatro.
Ya me encargo yo de los números.

Vuelve a contar con los dedos…
–¿Y si se lo preguntamos a tu abuela?

–Mi abuela no sabe de cosas de colegio, créeme.
Yo sé más.

Vuelve a contar:
–De todos modos –dice–, se lo voy a preguntar.

—Toma, y a callar. —Le doy las tabletas
de chocolate amargo, que es el peor.

Johan llama por teléfono a su mamá
para decirle que se queda a cenar.
Mientras masticamos el bistec,
nos fijamos en Antonio. Está silencioso
y concentrado en llevarse la comida a la boca
sin que se le caiga de la cuchara a cada ¡hip!
A su alrededor, los albañiles hablan de fútbol
con gran alboroto.
Por más que pensamos, no damos con una idea
para ayudarlo, hasta que Johan da un brinco:
—¡Ya lo tengo! —dice.

—¿Qué? ¿Qué?

—Comamos chocolate y seguro que se nos ocurre
una buena idea.

Le propongo ir a comer el chocolate escondidos
en la despensa. Pero tiene miedo de los fantasmas.
Nos metemos debajo de la escalera otra vez.
Cuando ya llevamos una tableta y media
en el estómago, Johan dice:

–Deberíamos descubrir algo
que le dé mucho miedo a Antonio.

–Un día –explico–, oí que contaba a sus amigos:
"A mí, ¡hip!, lo que más miedo me da, ¡hip!,
es quedarme calvo."

–Quedarse calvo… –Sonríe Johan.

Y ¡ZUM!, una idea cruza nuestras mentes a la vez.

Por la noche, cuando creo que mamá y papá
ya duermen, me acabo la tercera tableta de chocolate
que he escondido debajo del colchón.

Luego, bajo con una linterna al restaurante.
Qué pena que a Johan no lo dejen salir de casa
tan tarde…

Busco la copia de las llaves de las habitaciones
de los albañiles. Están colgadas en la cocina.
Subo a la pensión. En la habitación número siete me paro,
meto la llave en la cerradura y la giro con cuidado.
Antonio está durmiendo, boca arriba,
con la boca abierta, y entre ronquido y ronquido,
suelta un ¡hip!

Cierro la puerta detrás de mí.
Antonio siempre dice que para poder dormir
con tanto hipo toma unas pastillas.
Antonio ronca y suelta ¡hips!, tranquilo.
Saco mis tijeras rojas del bolsillo y empiezo a cortar.
Me quedan algunos mechones que no alcanzo
a cortar bien, pero el pelo de delante lo dejo a ras.
Parece calvo de verdad.

—Ya verás mañana cuando te mires en el espejo
—le susurro. Y le sacudo suavemente los pelos
de la cara y la almohada—, te curarás para siempre.

Por la mañana un grito de papá me despierta.
Proviene de la escalera:
—¡¡¡Judith!!!

Me tapo la cabeza con las sábanas:
me duele la barriga.
Intento ver si se me pasa comiendo
otra pastilla de chocolate de la última tableta
que tenía escondida debajo del colchón.
Mientras la pastilla de chocolate se deshace
en la boca, oigo otra vez un grito de papá,
y otro grito, y otro… Hasta que sube
y me saca de la cama. Está muy enfadado.

—Me duele la barriga –protesto.

Me tira de la manga escaleras abajo.
Cuando llegamos al comedor veo a Antonio
sentado en una silla.

—¡Hip! –levanta los ojos para mirarme.

Me quedo sin saber qué decir.
No ha quedado calvo del todo.
Parece una cosa extraña.

—¿Qué le tienes que decir a Antonio? –me pregunta papá enojado.

Los abuelos y mamá entran en el comedor.
Todos esperan mi respuesta
con los brazos cruzados.
Antonio espera mi respuesta haciendo "hips".

—Este peinado te sienta muy bien –intento animarlo.

Creo que mi respuesta no le parece buena a papá.

—Judith… –dice mamá para pedirme una explicación.
—¡Hip! –Me mira Antonio.

–¡Hip! –Me mira Antonio.

Me toco la barriga, cada vez me duele más.
–Mamá –me quejo–, yo solo quería ayudar a Antonio.
Darle un susto para que no tenga más hipo.

–¡Hip!

Mamá y la abuela me miran con más dulzura, ahora.
Aun así, veo que me van a reñir.
Entonces siento que algo me sube por la garganta.
Y, de pronto, empiezo a arrojar chocolate por la boca,
como una fuente.

Cuando ya no me queda más chocolate por sacar,
me quedo triste. Voy a recibir tres broncas:
la primera, por cortar el pelo a Antonio;
la segunda, por haber vomitado encima de él,
y la tercera, por haberme comido todo el chocolate.

Papá levanta el dedo para empezar su sermón,
pero antes de poder abrir la boca,
Antonio se pone en pie:

–¡Caray! –exclama.

Lo miramos de arriba abajo.

—¡Ya no tengo hipo! —dice con una sonrisa enorme.

Antonio se me acerca y me da un gran abrazo.
—¡Gracias!

Antonio nos cuenta que su hipo empezó un día
que su hermano le vomitó encima pimientos verdes
y le dio mucho asco.
—Creo que hoy me ha curado el mismo asco.

Me froto los mocos con la mano y sonrío.

EL NIÑO MARCIANO

Es el cumpleaños de David,
y Johan y yo nos sentimos tan desgraciados
que nos tomamos un día libre como justicieros
y subimos a escondernos a la despensa.

Los papás de David pidieron a mis papás si podían
celebrar la fiesta de cumpleaños en el restaurante.
Así, se ahorraban el dinero de alquilar una sala,
y podían comprarle una PlayStation a su hijo.

—¡Es la peor de las injusticias! —le digo a Johan—.
Hasta ahora las niñas de la clase
siempre querían venir a mi fiesta de cumpleaños
porque nadie más lo celebraba en un restaurante.
Si otro niño lo hace, ya no vendrán a mi fiesta.

—Sí, es la peor de las injusticias —asiente Johan.
Ha pelado una cebolla y se la come como si fuera
una manzana—. David tiene fiesta de cumpleaños.
Yo solo puedo invitar a los compañeros de clase
a una bolsa de gusanillos de queso en el parque.
Y, aun así, no viene nadie. Y yo nunca podré tener
una PlayStation, mamá no la puede pagar.
Y seguro que David tendrá un pastel de chocolate.
Y yo solo tengo tartas de manzana.
¡Odio las tartas de manzana!

Oímos que papá y los abuelos suben a casa a descansar,
y decidimos bajar al restaurante.
En la cocina están los papás de David
preparando bocadillos.
David llega con su amigo Wilfredo.

—Mi amigo Wilfredo es un marciano justiciero
que se ha transformado en humano.
Ha venido al planeta Tierra para poner paz
—nos cuenta David—.
Por eso, si Wilfredo está conmigo
no me puede pasar nada malo,
aunque Johan esté aquí.

—Bueno —salta Johan—, nosotros somos
humanos justicieros que defendemos la Tierra
de marcianos justicieros.

Johan se pone de puntillas frente a Wilfredo,
nariz con nariz. Pero Wilfredo es dos palmos
más alto que Johan, y lo mira con cara amenazadora.

Wilfredo hace una mueca de asco:
—¡Qué asco! ¡Huele a ajo! —refunfuña,
y le da un empujón que lo tira al suelo.

—Es olor a cebolla, ignorante —aclaro.

—Niñooooos —nos advierte el papá de David—,
tengamos la fiesta en paz.

Vamos al comedor. Allí los papás de David
no nos pueden ver. David nos saca la lengua:
—Mis papás me comprarán una Play…

Doy un paso para darle un puñetazo,
pero Wilfredo se pone en medio
en posición de ataque de marciano justiciero.

Espero que Johan venga a apoyarme,
pero me doy la vuelta y veo que está
mirando la punta de sus zapatos.

—¿No me ayudas con el marciano, justiciero?
—le pregunto—. ¿O te da miedo porque es más fuerte?

—Es que hoy estoy de vacaciones —dice Johan,
y se encoje de hombros.

Suspiro enfadada y miro de reojo a Wilfredo.
—¿Y qué poderes de marciano tienes? —le pregunto.

—Mi máximo poder es que no siento el dolor.
—Me ofrece su brazo—. Pellízcame muy fuerte.

–¿Puedo yo también? –Con un brinco,
Johan llega a nuestro lado.

Wilfredo le ofrece a Johan su otro brazo,
y le pellizcamos con todas nuestras fuerzas.

La cara de Wilfredo se pone un poco roja,
pero no dice nada. Pruebo a retorcer el pellizco,
y su cara se pone morada, y veo unas venas
en su frente. Johan le pega un mordisco.

–¡Ya basta! –dice Wilfredo apartando los brazos.

–Ha dolido, ¿no? –pregunta Johan.

–No. –Se frota las marcas que le han quedado
en el brazo, con la forma de la dentadura de Johan–.
Es que no me permiten hacer demostraciones
tan largas ante humanos.

–¿Y qué otro poder tienes? –le pregunto.

Se pone a pensar.
–¿No lo sabes? –lo chincha Johan.

—Claro que lo sé. Estaba pensando
si puedo contártelo o no.

—Tiene muchos —interviene David—,
es muy poderoso.

Wilfredo le hace una seña para que se calle:
—Tengo el poder de la flexibilidad. —Se lanza al suelo
y hace estiramientos, el puente y la vertical.

—Vaya tontería de poderes —resoplo—.
Yo también los tengo y no soy marciana.

—Es que no puedo hacer grandes exhibiciones
ante humanos. Me vigilan —dice Wilfredo
mientras señala hacia el cielo con el dedo.

—Alucina… —dice Johan.

—¿Algún otro poder? —digo yo un poco harta.

—Claro, mi súper poder. Puedo transformarme
en lo que quiera —susurra—: en serpiente, en águila,
en tiranosaurio rex, en…

—¿A ver? —le corto la frase.

—Solo funciona si me mojo.

Johan corre hacia una mesa
y agarra una botella de agua.

—¡No, no! —Wilfredo da un paso atrás—.
Solo me transformo si me mojo
y estoy en una situación de emergencia grave.

Estoy a punto de quitarle la botella a Johan
y tirársela al marciano,
pero la mamá de David se asoma al comedor:

—Chicos —avisa—, a nosotros aún nos queda trabajo
con los bocadillos. Hay que poner la mesa, rápido,
que pronto llegarán los invitados.

Yo no pienso poner la mesa porque no es mi fiesta.
Me siento en los peldaños que llevan al baño
y miro cómo David, el marciano y Johan
reparten servilletas y vasos. Johan no para de pedir
a Wilfredo que lo convierta en marciano también.

Al fin llegan los invitados y se ponen a jugar.
David va dando saltos por el comedor
con Wilfredo detrás de él.
Wilfredo se ha puesto unas gafas de sol
para parecer un guardaespaldas.
Johan los va siguiendo. David se acerca a mí:

–¡Mi fiesta es genial! Mira cuántos amigos…

Me quedo pensando cómo puedo demostrar
que Wilfredo no es un marciano.
Johan parece tonto, todo el rato siguiendo a Wilfredo.
Pero es mi amiga del alma,
no voy a permitir que le tomen el pelo.

–¡Wilfredo! –grito–. Con el poder
de la flexibilidad, ¿puedes hacer esto?

Meto la cabeza entre los barrotes de la barandilla
de la escalera. Como me he quedado con la cabeza
atrapada entre los barrotes muchas veces,
ya tengo práctica, y la saco sin problema.
Wilfredo viene hacia mí.

Enseguida se forma un corro de niños
a nuestro alrededor. Wilfredo se quita las gafas
y empieza a estirar los músculos: mueve la cabeza
arriba y abajo, de un lado para el otro,
y, cuando está a punto, pone la coronilla
entre los barrotes y empieza a presionar, fuerte.
Tiene la cabeza muy grande.

Finalmente lo consigue
y hace la V de victoria con los dedos.
Los otros niños aplauden con entusiasmo.
Johan también aplaude con ímpetu.
Pero todos paran cuando se dan cuenta
de que Wilfredo no consigue sacar la cabeza.

–¡Hay que mojarlo! –grita Johan. Agarra una botella
de agua y la vacía en la cara de Wilfredo.

Los otros niños se quedan atónitos.
–¡No pasa nada! –les tranquilizo–. ¡Wilfredo es un marciano!
¡En una situación de emergencia como esta,
si lo mojamos, puede transformarse en una serpiente
y escapar! Además, tiene el poder de no sentir dolor.

Entre todos le tiramos agua, zumo, leche,
batido de chocolate… No funciona.
Así que le tiramos las botellas de plástico vacías,
los tapones, los vasos…
Pero Wilfredo sigue sin transformarse.
Y llora tan fuerte que los papás salen a ver qué pasa.

—¡Vaya marciano de pacotilla! —le dice Johan.

Cuando llega el cerrajero
y libera al cabeza hueca de Wilfredo,
el papá de David saca un fajo de billetes y le paga.

—¿Iremos mañana a comprar la Play…? —gimotea David.

—¿Cómo la vamos a comprar? —Le enseña
su billetera vacía.

Johan le saca la lengua a David:
—Tú tampoco tendrás la Play.

La fiesta se termina.
Se llevan a David y a Wilfredo a casa.
Los dos no paran de llorar, desconsolados,
y se van llenos de mocos y lágrimas.

Johan va al baño y tarda un buen rato en volver.

Yo me siento a mi mesa y lo espero.

Me encuentro algo mal.

Pero entonces veo una gran caja

al otro lado del comedor.

Me apresuro a abrirla: hay un pastel de chocolate magnífico.

Voy corriendo a la cocina.

Papá y los abuelos ya están trabajando:

—Abuela, el papá de David ha olvidado el pastel.

—No lo ha olvidado, criatura.

Sus papás estaban sin ánimo para celebrar nada.

Han dicho que nos lo podíamos quedar.

¿Te apetece un trozo?

—Sí —respondo—. Aunque antes...

Salgo corriendo y vuelvo a entrar con el pastel:

—¿Hay chocolate blanco, papá?

—No.

Busco en los estantes de la cocina
hasta que encuentro un tarro de mayonesa.
Es blanca. Servirá.

Me como las letras de chocolate blanco que ponen "David".
Lleno la manga pastelera con mayonesa
y pido a papá que escriba en el pastel "Johan".

—Pero ¿qué has puesto aquí dentro?

Papá huele la manga pastelera con cara de asco.
Se va a la nevera y saca una fiambrera.

—Esta mañana me ha sobrado algo de trufa.
—Rellena otra manga pastelera y, con letras
muy bonitas, escribe:

JOHAN

—¡Gracias! —Le doy un beso y voy a buscar a la abuela
para que encienda las velas.

Pido a la abuela si puede abrir la puerta del comedor
y cantar conmigo la canción de cumpleaños.

Salimos con el pastel lleno de velas.

Johan se queda con la boca abierta.
—¡Qué chulada! —exclama.

Sopla las velas sin pedir un deseo.

—¡Abuela, ahora yo, que tengo un deseo!

La abuela enciende las velas otra vez.
Deseo con todas las fuerzas
que David pueda tener una Play.

Tomo aire y soplo las velas… Johan sopla conmigo.

—¡Eh! —protesto—. ¡Si soplas conmigo no se cumplirá!

LOS POLÍTICOS

Esta noche papá tiene que preparar
un banquete muy importante en el restaurante.
Asistirán políticos famosos
y vendrán los periodistas de la tele a grabar.
Por eso, papá ha prohibido que venga Johan
y que yo vaya al restaurante.
Tendré que pasar la noche en casa, aburrida, con mamá.

–No voy a permitir ninguna locura de las tuyas
–advierte papá–, y menos con los de la tele grabando.

—Pero, papá…

—Ni pero ni nada.

Le suplico a mamá que me dé dinero
para comprar un huevo de chocolate.
Mamá me dice que no,
que hoy ya he comido bastante chocolate.

Oigo como el papá de David explica cosas buenas
acerca de su hijo:
—Nos está ayudando con las tareas del hogar
para conseguir propinas y poder comprarse la Play
—dice—. Hoy está muy contento porque le hemos dado su paga.

—Qué mono… —le sonríe mamá—, está muy bien
que los niños aprendan a ganarse lo que desean.

Cuando oigo lo que dice mamá,
empiezo a poner mesas:
—¡Eh! ¡Papás! ¡Abuelos! ¡Estoy ayudando!

Ayudo con muchas ganas,
corriendo de un lado a otro.
Pero los mayores tropiezan conmigo todo el rato.

–¡Métete en la cocina! –me ordena papá–,
o alguien se hará daño.

–¿Y cómo voy a ganarme mis huevos de chocolate,
si no puedo ayudar? –protesto.

Papá insiste con un gesto, y voy a la cocina dando saltos.

Cuando el comedor está listo,
todos se visten muy elegantes:
papá se coloca un gorro de cocinero muy alto
y se ata un delantal nuevo;
el abuelo se pone desodorante para no oler a sudor;
el papá de David cambia el esparadrapo
que lleva en las gafas desde que le di un golpe
con la pelota sin querer y pone un pedazo nuevo,
y se corta los pelos de la nariz;
y mamá se recoge el pelo en un moño
y se pinta los labios.

La abuela y yo subimos a casa de los abuelos.
Ella se quiere poner elegante,
como cuando va a una boda.
Y yo tendré que quedarme allí.

—Cuando la abuela baje, yo subiré —me diçe mamá
dándome un beso—. Me quedo un momento.
Quiero saludar a los políticos.

No sé qué pasa que todos quieren saludar
a los políticos… No hay para tanto.

Cuando llegamos al piso de los abuelos,
la abuela se mete en el cuarto de baño
y pone en marcha la ducha.
Como la abuela no me oye con el ruido del agua,
aprovecho para ir a su cuarto a saltar en su cama.

—¡Los pies en el suelo! —me grita la abuela,
envuelta en una toalla y poniendo morros—.
Te he dicho mil veces que no se salta en esta cama.
Un día me sentaré en ella y se romperá.

Creo que la abuela es algo exagerada, a veces.
Bajo dando un salto.

—Venga, fuera —me pide.

Dando brincos, voy a la cocina.
La abuela no quiere que vea como se pone
las bragas gigantes y el vestido.
Me subo a la encimera de la cocina
y busco en los armarios.
Al final encuentro una lata de galletas de chocolate.
Cuando la agarro, me resbala
y se cae armando un gran estruendo.

—¿Y ahora qué pasa, criatura? —La abuela se asoma
a medio vestirse.

El abuelo entra en casa emocionado, y me salva:

—¿Aún estás sin vestir? —le dice a la abuela—. ¡Date prisa!
Los políticos y los de la televisión ya han llegado.
Y ya nos hemos hecho unas fotos con ellos.

Cuando la abuela empieza a embadurnarse la cara
con maquillaje, colorete y todos esos potingues,
yo ya me he terminado las galletas.

—Voy a bajar y le diré a tu mamá que ya puede subir
—me dice—, serán dos minutos.
¿Sabrás estarte quieta y no hacer ningún destrozo?

Hago que sí con la cabeza.

–De acuerdo. –La abuela me aparta de la silla
donde estoy sentada–. Déjame sentar,
que no estoy muy ágil
y necesito ponerme los zapatos.

La ayudo por si me da una propina.
Le hago una reverencia, separo la silla de la mesa.
Ella se deja caer, para sentarse.
Y, justo cuando su trasero está a punto de tocar la silla,
veo un pobre caracol en el asiento
a punto de morir aplastado.

Doy un tirón para apartar la silla y salvar el caracol.
La abuela, que no está muy ágil,
mueve los brazos como si nadara.
Se agarra a la mesa, y ella y la mesa se van al suelo:
la abuela boca arriba y la mesa encima de la abuela.

–¡Ay!, ¡ay!, ¡ay! –grita, y mueve los brazos
y las piernas como una tortuga del revés–.
¡Ve a buscar al abuelo!

Bajo los escalones de dos en dos
y entro corriendo en la cocina.
—¡Atención!

Todo el mundo está ajetreado y nadie me hace caso.
Veo una bandeja llena de *coulants*[8] de chocolate,
me acerco y muerdo uno.

Mamá entra a la cocina y me ve:
—¿Qué haces aquí?

Entonces todo el mundo se fija en mí.
Acabo de tragar el último trozo de *coulant*
que tenía en la boca y digo muy seria y muy rápido:
—La abuela no está muy ágil.
Se ha caído de la silla y la mesa se le ha caído encima.
Está atrapada moviendo...

No me dejan terminar de explicar qué pasa.
Tampoco me dan propina por la información.
Papá y el abuelo desaparecen escaleras arriba.
Mamá sale al comedor para recibir a la gente
del banquete que va llegando,
y yo me quedo en la cocina.

---

8. **Coulant:** Pastelito de chocolate relleno de crema de chocolate.

Pruebo algunos *coulants* para asegurarme
de que están buenos. No quiero que los políticos
encuentren alguno de chocolate amargo,
que es el peor.

Cuando ya he comido cinco *coulants*,
papá se asoma por la puerta.
Quiere que llame a mamá.

En el comedor hay mucho barullo.
Señoras y señores elegantes por aquí y por allí,
fotógrafos, periodistas con micrófono, cámaras,
cables que cruzan la sala…
Veo a mamá hablando con un señor
que lleva una cámara de grabar.

Mamá le explica dónde puede poner la cámara
para grabar la cena.
Le digo que papá la llama.

Mamá entra en la cocina. Yo me quedo en el comedor
y me paseo un rato entre caras conocidas,
que creo que he visto en la tele,
y después voy con mamá.

Mamá está preocupada.
Cuando me ve se agacha delante de mí:
—Hija, papá y el abuelo han tenido que llevar
a la abuela al hospital. Tengo que hacerme cargo
del banquete. Te pido que ayudes y te portes bien.

Me siento cerca de los *coulants* y miro como mamá
y el papá de David se reparten las tareas.
No se ponen de acuerdo. Mamá no sabe nada
sobre servir mesas y el padre de David, sí.
Como yo tengo la barriga llena de chocolate
de los *coulants*, ¡ZUM!, una idea cruza mi mente.

Johan y yo tenemos experiencia sirviendo mesas.
Lo hemos hecho muchas veces.
¡Y ahora necesitan nuestra ayuda!
Voy corriendo a llamar a Johan.

Johan llega al restaurante
con un vestido de marinero de primera comunión.

Las periodistas ya están contando a las cámaras
que la cena está siendo una calamidad,
que el personal del restaurante es un desastre.
Hago señales a Johan para que se dé prisa.

Cuando llega a la cocina, nos repartimos las tareas
y nos repartimos algunos *coulants*.

Por suerte, papá ha dejado preparados
los entremeses y el primer plato.
Johan agarra una bandeja llena de platos
con brochetas de marisco, yo agarro otra bandeja
y salimos al comedor. Enseguida las cámaras
de televisión se dan la vuelta y nos enfocan.

Johan y yo sonreímos a la cámara.
Johan reparte platos por un extremo de la mesa,
le he dicho que allí están los políticos más famosos.
No le he dicho que yo reparto
por el otro extremo de la mesa,
donde se encuentran los políticos más más famosos.

Todos ellos alaban mi habilidad para servir
y para pedir permiso para llegar al centro de la mesa
con los platos.

El político más famoso de todos
me agarra y me sienta sobre sus rodillas.
Cuando Johan lo ve,
salta al regazo de una señora muy elegante.

El político famoso me pide que sonría a la cámara,
él también sonríe, con una sonrisa muy grande.
Cuando veo su boca tan enorme,
le meto una brocheta de pescado en la boca.

Primero pone cara de sorpresa,
pero enseguida vuelve a sonreír mientras mastica.

Johan me copia con la señora.
Las mujeres de su alrededor le ríen la gracia,
así que Johan va saltando de regazo en regazo
llenando las bocas de la gente con brochetas.

Como veo que hace gracia, voy quitando
los pedazos de marisco de las brochetas
y los voy metiendo en la boca del famoso:
la tiene llenísima, pero como parece
que le hace gracia, se la lleno más y más.
Al final, el famoso me pellizca la pierna
por debajo de la mesa. ¡Qué daño!

Con un brinco vuelvo al suelo.
—¿Me da propina? —le susurro al oído.

El famoso se limpia los labios con una servilleta
y revuelve en su bolsillo: saca un billete y me lo da,
siempre sonriendo a las cámaras.
A continuación, los otros políticos hacen lo mismo:
me llenan la bandeja de billetes y monedas.
Siempre con una gran sonrisa para las cámaras,
que lo graban todo. Johan también pide propinas.

Cuando terminamos, una periodista
me acerca un micrófono y me pregunta:
–¿Has ganado mucho dinero?

Enseño a la cámara las manos llenas de dinero
y voy corriendo hacia mamá.
Está mirándonos desde una punta del comedor,
con la mano en el corazón.

Al final, la cena es un éxito. El papá de David
prepara los platos y nos va dando instrucciones,
que mamá sí sigue, pero Johan y yo no seguimos.
Nosotros ya sabemos lo que hay que hacer.
¡Entre los cuatro somos un buen equipo!

A la hora de los postres,
el papá de David vuelve a ponerse nervioso.

—¡Aquí había una bandeja de *coulants*!
¿Alguien sabe dónde está?

Johan y yo también nos ponemos nerviosos.

—¿Te has comido los últimos? —pregunto a Johan
en voz baja—. Dije que dejaras dos para disimular.

—No lo he podido resistir… —Baja la cabeza.

—¡Pues estamos listos! —le riño en voz baja.

Por la cara que pone Johan, me doy cuenta de que,
¡ZUM!, una idea cruza por su cabeza.

Johan corre hacia la montaña de propinas,
se mete todo el dinero en los bolsillos
y sale disparado hacia la calle.

—¡Traidor! —Lo persigo un rato,
pero me ha sacado ventaja—. ¡Ya no tengo amiga del alma!

No sé qué cara poner cuando entro en la cocina.
El papá de David y mamá están desesperados
buscando los *coulants*. Durante un rato disimulo
y finjo que los estoy buscando también.
Pero lo que de verdad quiero encontrar es una idea.

Estoy a punto de confesar cuando Johan
entra en la cocina cargado de bolsas.
Va tan cargado que no puede ni andar.

—Traigo *coulants* —nos dice—, los he ido a comprar.

Mamá aplaude.

—¡Pero qué maravilla de niño! —Le da un beso,
y Johan se pone colorado.

Me llevo a Johan sonriendo.
Cuando mamá ya no nos mira
me cruzo de brazos enfadada:
—¡Me he quedado sin propinas
y sin huevos de chocolate! —le digo.

Cuando el papá de David ha calentado
y preparado los *coulants*,
nos damos cuenta de que falta uno.

–He comprado todos los que tenían –dice Johan.
Y mientras los mayores se ponen nerviosos,
Johan y yo, ¡ZUM!, tenemos una idea.

Yo preparo un corte de sandía,
y Johan lo pone en un plato.
Lo decoramos con rodajas de plátano.

Servimos la sandía al político más más famoso
para que vea que lo tratamos diferente.
Y volvemos a pasar la bandeja
para recoger más propinas.

–Ya es suficiente por hoy –nos dice mamá–,
ahora a casa.

Es muy tarde. Johan regresa a su casa,
y yo subo a casa de los abuelos.
Me preocupa que la abuela se encuentre mal.
Me tumbo en su cama un rato.
Cuando me levanto oigo ¡CATACLOC!
La cama queda desarmada en el suelo. ¡Vaya!

Usando toda mi fuerza intento levantarla
y colocar las patas del derecho.
Las patas se caen de nuevo.
Voy a buscar cinta adhesiva y gasto todo el rollo.

Al final, las patas se aguantan.
Cuando ya lo tengo todo arreglado,
estiro la colcha y vuelvo al restaurante.

Cuando entro en el comedor,
los políticos y los periodistas ya se van:
–¡Qué buenos los *coulants*! –felicita un político a mamá.

–Los mejores *coulants* que he comido en la vida
–añade otro–. Se notaba que eran caseros.
Y piense que yo estoy acostumbrado
a los mejores restaurantes…

–El detalle de la sandía me ha gustado mucho
–dice el político más más famoso–.
No todo el mundo sabe que soy un amante
de la fruta y que tengo alergia al chocolate.

Mamá responde a todos con una sonrisa
cada vez más grande.

Cuando todos se han marchado,
llegan el abuelo y papá con la abuela.
La abuela lleva vendas por todas partes.

—Tiene un esguince en las costillas —nos cuenta papá—.
Tendrá que estar unos días en reposo absoluto.
Cualquier movimiento brusco podría ser fatal.

Mientras papá sigue hablando,
yo doy un beso a la abuela:
—Siento haber sido tan mala mayordoma
y que te hayas caído —le digo—.
¡Pero he salvado un caracol!

La abuela me mira con mala cara.
Me siento muy mal, así que intento animarla:
—He saludado a los políticos, y me he sentado
sobre las rodillas del más más famoso.
¡Y me han grabado los de la tele!

No entiendo por qué, pero la abuela pone morros,
y empieza a refunfuñar como hace ella,
que no se entiende nada de lo que dice.
Solo entiendo "todo el mundo
ha saludado a los políticos menos yo".

El abuelo y papá ayudan a la abuela
a subir las escaleras, con mucho cuidado.

Me siento en el sofá con papá y mamá,
y esperamos que empiecen las noticias
donde saldrá la cena de hoy.

Mamá y papá ponen cara de terror
cuando me ven aparecer en pantalla.

—Hemos podido ver la parte más buena
de los políticos —explica la periodista—
gracias a unos niños inocentes…

Muestran una imagen de nuestras manos
llenísimas de propinas
y empiezo a dar vueltas por el comedor:
—¿Verdad que sé ganarme lo que quiero, verdad que sí?

Me meto en la cama contenta.
Cuando ya casi estoy dormida,
se oye ¡CATACLOC!
Y enseguida oigo a la abuela aullando de dolor.
Me tapo con las sábanas
y finjo que estoy durmiendo.

EL ABUELO FUMA

Cada mañana, el abuelo se sienta en la mesa
que hay cerca de la cocina a leer el periódico.
Pero hoy no está allí.

Lo he buscado por todo el restaurante.
Tiene que hacer el desayuno de la abuela.
La abuela no lo puede preparar
porque tiene que hacer reposo por culpa del esguince.
Yo soy su enfermera. Cada día le subo el desayuno,
la comida y la cena. Y ella me da tres bombones.

Papá y mamá no entienden
por qué me porto tan bien.
Están muy contentos
de que cuide de la abuela sin pedir nada a cambio.

Encuentro al abuelo en la calle,
de espaldas a la puerta.
Tiene el periódico debajo del brazo.

–¡Abuelo!

El abuelo da un salto y se da la vuelta,
sacando humo por la boca mientras tose.
Esconde algo detrás de la espalda.

–¿Qué haces…? –pregunto,
y alargo el cuello para ver qué esconde.

–Nada. ¿Qué quieres?

–El desayuno de la abuela.

–Ve preparando la bandeja con los cubiertos
y la servilleta, yo voy ahora.

Entro y me subo a una silla cerca de la ventana
para espiar al abuelo. Veo como sorbe un cigarrillo,
lo tira al suelo y lo pisa.

Me pongo las manos en la cabeza, aterrorizada.
Todo el mundo sabe que fumar mata.
Mamá y papá siempre lo dicen.
¡Yo no sabía que el abuelo se quería morir!

Cuando subo el desayuno a la abuela,
levanto la mano para que me dé los tres bombones
y me los meto los tres enteros en la boca.
Dejo que los bombones se deshagan.
Después, vigilando que no se me caiga
ni un pedacito al suelo, pregunto:
—Abuela, ¿por qué el abuelo se quiere morir?

La abuela se queda
con la cuchara llena de cereales de régimen
a medio camino de la boca, y abre mucho los ojos:
—¿De dónde has sacado esa idea?

—Esta mañana lo he visto fumar.

La abuela pone sus morros y empieza a refunfuñar.

—¿Qué? —le pregunto.

—Digo que el abuelo aprovecha que estoy mala
y no lo puedo vigilar para recuperar antiguos vicios.
El médico se lo dijo bien claro: "Nada de fumar,
y, sobre todo, haga más ejercicio."

—Pues tampoco hace ejercicio.
¿Es que quiere morirse antes?

—El abuelo no se quiere morir, criatura,
pero a veces está algo atolondrado
y tiene poca fuerza de voluntad.
El abuelo debería salir a correr cada día…
Estoy harta de decirle: "Abuelo, hay que cuidarse…".

Del mismo modo que cuido de la abuela,
también quiero cuidar del abuelo:
me paso la mañana entera pensando
cómo podría conseguir que el abuelo haga ejercicio.

Como no se me ocurre nada, llamo a Johan.
—¡Johan el justiciero al poder! —grita cuando llega.

Se sienta con las piernas cruzadas
en medio del comedor y cierra los ojos.
Pensamos un buen rato, hasta que ¡ZUM!

—¡Ya lo tengo! —digo dando un salto—. Le podríamos
hacer un caminito de caramelos por el suelo.
Como es tan goloso, lo seguirá
y tendrá que agacharse y levantarse cada vez.
Esto significa bastante ejercicio.

—Pero con tantos caramelos, se le van a picar
los dientes —reflexiona Johan.

—Cierto. Y si se le estropean los pocos dientes
que le quedan, no sé cómo comerá.

—¡Podemos esconderle sus dientes postizos!
—propone Johan—. Los podemos esconder
en mi casa, en la caja de juguetes.
¡El abuelo se pasará el día buscándolos,
y hará mucho ejercicio!

Miro a Johan con cara aterradora,
como la del chico del hacha:
–Con los dientes del abuelo no podemos jugar.

–¿Y si cambiamos sus calzoncillos de sitio?
–Johan está animado–. Ponemos los calzoncillos
donde están los calcetines, ponemos los calcetines
donde están las camisas, las camisas en el cubo
de la ropa sucia…

–… la ropa sucia debajo de las almohadas de la cama.
–Yo también me animo–. Los pijamas en el armario
de la cocina…

–… y los platos del armario de la cocina
dentro del retrete, y el papel del inodoro…

Y así seguimos hasta la hora de cenar.
Johan llama por teléfono a su mamá
y le pide si puede quedarse a cenar conmigo.
Así podemos seguir pensando.

Ya nos hemos comido tres postres,
y seguimos con las ideas:

–… y la comida de la nevera en el horno,
y lo ponemos a 200 grados,
que es como mi mamá cuece las tartas de manzana.

–Creo que no funcionaría –le digo a Johan
mientras subimos la cena a la abuela–,
la abuela lo ordenaría todo,
y sería ella quien haría todo el ejercicio.
Y la abuela no puede moverse demasiado.

–Vaya… –Johan se queda decepcionado–.
Me gustaba la idea de cambiar las cortinas
por las bragas gigantes de tu abuela…

Le damos la bandeja de la cena a la abuela
y nos da tres bombones a cada uno.
Me parece injusto: Johan solo ha subido el pan,
que no pesa nada.

Cuando la abuela se está comiendo los postres,
el abuelo sube y entra en la habitación:
–¡Ya empieza el partido! –nos dice.

–¡Vamos! –gritamos y corremos hacia el comedor
de los abuelos.

El abuelo enciende el televisor
y empezamos a animar a los nuestros.
Nos levantamos, gritamos y volvemos a sentarnos.

Johan es del equipo contrario.
Lo anima y habla muy rápido,
como los periodistas que retransmiten el partido.
Pero Johan solo dice cosas buenas de su equipo.

El abuelo mira a Johan de reojo, se va enojando.
El equipo de Johan marca un gol,
y Johan se pone a gritar «¡Goooool!».
Da vueltas por el comedor y se deja caer de rodillas,
deslizándose por el suelo y levantándose la camiseta.

–¡Niño! –grita el abuelo–. Los goles del rival
los celebras en tu casa, ¿de acuerdo?

Al cabo de un rato, nuestro equipo marca. ¡Empate!
Y el abuelo se vuelve loco.
Se levanta, se contorsiona, salta y grita.
Yo lo imito un rato, pero enseguida paro.
Tantos movimientos me cansan demasiado…

¡ZUM! ¡Para conseguir que el abuelo se mueva,
tenemos que pensar en algo relacionado
con el fútbol!

Cuando nuestro equipo empieza a perder de mucho,
el abuelo se queda abatido y ya no se mueve más.

Entonces me pongo a animarlo
para que no se ponga tan triste.
Aunque, la verdad, a mí me gusta ir con el equipo que gana…
así, luego, se puede celebrar.
Pero para el abuelo, su equipo es lo más importante.
No admite bromas con su equipo.

El partido termina. Hemos perdido,
y el abuelo empieza a decir palabrotas al televisor
y a moverse de un lado para el otro del comedor.
Después se da la vuelta. Está todo colorado.
Johan está gritando "Campeooooones, campeoooones, oé, oé, oé".
El abuelo se acerca a Johan con rapidez.
Yo tiro a Johan de la camiseta
y me lo llevo corriendo.

—¡Ya sé cómo conseguir que el abuelo haga ejercicio! —le digo.

A la mañana siguiente, encuentro al abuelo sentado
en su mesa, está muy desanimado.
Lee las noticias de la derrota de la noche anterior.
—¡Abuelo! —le llamo.

El abuelo sigue con la mirada en el periódico,
levanta un dedo para indicarme que me espere.
Me cruzo de brazos y observo
como las gafas le van resbalando nariz abajo.

—¡Abuelo! ¡Abuelo! ¡¡¡Abuelo!!! —No aguanto más.

Levanta los ojos, me mira por encima de las gafas
y pone cara de no entender qué pasa.
Se sube las gafas y, entonces, ve que llevo puesta
la camiseta del equipo de Johan.

El abuelo empieza a temblar
y a arrugar las hojas del periódico:
—¿Se puede saber qué haces con esto? —dice—.
¡Quítatelo ahora mismo! —Tiembla como un volcán
antes de entrar en erupción—. ¡No voy a tolerar
que mi nieta se vista con esta camiseta!

–Pues… –Me subo la camiseta y le doy un beso
al escudo. Voy hacia la puerta del restaurante–.
¡Había pensado salir así a la calle!

–¿Qué? –El abuelo se pone en pie
y la silla cae al suelo–. ¡Prefiero morir
antes de que mi nieta salga así a la calle!

Me pongo a correr por el comedor,
entre las mesas del local.
El abuelo me persigue.

–¿Qué tal, abuelo? –le pregunto–,
¿sienta bien salir a correr? –Controlo el reloj.
Quiero que corra durante 20 minutos.

–¡Ven aquí! –grita el abuelo–.
¡Te la vas a cargar si sales así a la calle!

Johan llega tarde.
Aparece con otra camiseta de su equipo
y los tres corremos por el restaurante.
¡Corremos 300 o 400 kilómetros, por lo menos!
De pronto, nos damos cuenta de que el abuelo
ya no nos sigue.

Lo vemos apoyado en una mesa,
respira con un ruido que parece un silbato.
No puede hablar, se tambalea.
Papá sale corriendo de la cocina
y llega a tiempo para sujetarlo y evitar que se caiga.
Papá ayuda al abuelo a sentarse en una silla.
Saca el móvil y llama a una ambulancia.

–¿Se puede saber qué pretendes? –me grita
cuando cuelga el teléfono–. ¿Matar a los abuelos?

El abuelo abre la boca, intenta decirme algo,
pero la voz no sale.

–"Campeoooones, campeoooones" –grita Johan
desde el final del comedor–, "oé, oé, oé...".

Corro hacia Johan, le tiro de la camiseta
y me lo llevo de allí. Si Johan sigue cantando,
¡el abuelo se pondrá peor!

Antes de salir, oigo la voz débil del abuelo:
–¡No salgas así a la calle!

Ahora soy la enfermera de la abuela
y también del abuelo:
gracias a mí tuvo que ir al hospital.

Los médicos le han encontrado un tumor
en los pulmones, de tanto fumar.
Le han tenido que operar para curarlo.

Cada día subo el desayuno, la comida y la cena
del abuelo y de la abuela.
Y ellos me dan un montón de bombones cada vez.
Mamá y papá no saben lo de los bombones.
Los abuelos dicen que si mis papás se enteran,
no me dejarán que los cuide.
Mamá y papá no entienden
por qué me porto tan bien, y están muy contentos
de que cuide a los abuelos sin pedir nada a cambio.

LA PISCINA

La abuela ya se puede levantar.
Me debe 36 bombones.
Hace días que se le terminaron,
y he apuntado tres bombones
por cada comida que le he servido.

Acordamos cambiar los bombones por huevos
de chocolate. Así que lo primero que hacemos
esta mañana es ir a la panadería a comprar
los huevos. Antes de salir llamo a Johan
por si quiere venir a jugar conmigo.

Pero no ha respondido al teléfono.
Nos encontramos con Virginia, una niña de mi clase.

El verano pasado, a Virginia le compraron
una piscina inflable gigante,
y cada tarde invitaba a todos los niños y niñas
de la clase a bañarnos.

–¿Este año no hay fiestas en la piscina? –le pregunto.

–Sí las hay, pero no te invito
porque ni yo ni mis amigas queremos jugar contigo.

¡No hay derecho! Jugar en la piscina de Virginia
es la cosa más divertida del universo entero.
El año pasado me tiraba de bomba, y daba vueltas
haciendo el huracán, y hacía el terremoto submarino,
y daba puñetazos y patadas a diestro y siniestro,
y tiraba macetas de plantas del jardín a la piscina
para hacer una superbomba.

Después de pagar los huevos,
la abuela vuelve al restaurante.
Yo voy a ver a Paula.
Seguro que ella sí que quiere jugar conmigo.

Pero Paula dice que no se puede mover
porque tiene las dos piernas escayoladas.
Yo suplico y suplico hasta que al final me contesta:
–De acuerdo, pero solo juegos de estar sentadas.

–¿Juegos de estar sentadas?

Me marcho, enfadada. Está claro que Paula
tampoco quiere jugar conmigo.

Cuando llego a casa vuelvo a llamar a Johan,
que sigue sin responder al teléfono.
Estoy triste, así que subo al desván a esconderme.
Me siento entre cajas llenas de trastos.

Cuando he pasado ya mucho rato sin hacer nada,
se abre la puerta y entra mamá
con un vaso de leche en cada mano.
–Te he visto subir y te he seguido –me dice–.
¿No me has oído?

–Es que la tristeza me tapa los oídos…

–¿Y por qué estás triste? –Se sienta a mi lado,
me da un vaso y toma un sorbo del suyo.
Le queda un bigote blanco.

Le cuento lo que me ha dicho Virginia
en la panadería.

—Yo también quiero una piscina —le digo—,
y quiero invitar a amigos y amigas
que quieran jugar conmigo.

—Pero aquí no hay sitio para una piscina.

—Mamá, ¿tú sabes que jugar en la piscina
es la cosa más divertida que existe
en todo el universo?

La miro, casi llorando. Mamá piensa, sonríe,
se levanta y se pone a revolver cajas y más cajas
hasta que encuentra algo de plástico
con rayas azules y amarillas: lo sacude y lo despliega.

—¡Mi barca! —exclamo.

Mamá se agacha para tomar otro sorbo de leche
y me besa:
—Si la barca tiene agua dentro,
puede ser una piscina. —Me guiña el ojo
y regresa al trabajo.

Como siempre, mamá tiene las mejores ideas
del mundo.

Cuando me termino la leche,
empiezo a hinchar la barca.
Pero en el soplo 83 no sé qué me pasa:
el desván empieza a dar vueltas.

Cierro el tapón, para que no se escape el aire.
¡Qué mareo! Cuando el desván se queda quieto,
bajo los escalones de tres en tres.

Regreso a la peluquería de la mamá de Paula.
—¡Hecho! —le digo a Paula—. Jugaremos a un juego
de estar sentadas.

Paula agarra las muletas y vamos al restaurante.
Le bajo mi barca para que sople.
—No pienso soplar para hinchar esto —protesta.

—"No pienso soplar para hinchar esto"
es lo que diría una pequeñaja.

Frunce el ceño:
—¿Y qué gano con hincharlo?

—¡Bañarte!

—¡Pero si no me puedo bañar! ¿No ves
que necesito una funda impermeable
para las escayolas de las dos piernas?

—Meteremos tus piernas
en una de las bolsas de basura de papá,
son tan altas como yo. Vas a parecer una sirena.

A Paula le gusta la idea de parecerse a una sirena
y empieza a soplar.

Mientras sopla y sopla y resopla,
subo a casa y llamo por teléfono
a todos los compañeros y compañeras de clase.
Les cuento que celebraré una fiesta de piscina.
Pero nadie quiere venir porque van a casa de Virginia.
¡Me lo imaginaba! Pero me da igual.
Celebraré la fiesta con Paula, Johan y David.

Llamo a Johan de nuevo y esta vez sí contesta:
—Seas quien seas, si llamas en son de paz, hola;
si llamas en son de guerra, te cuelgo ahora mismo.
¡Que cuelgo, que cuelgo…!

–Hola, Johan.

–Hola.

–¿Dónde estabas?

–Con las propinas de los políticos
he ido a comprar dos cajas con 100 agujas de ganchillo
para regalárselas a mamá,
porque siempre se las pierdo. ¿Qué quieres?

–Tengo una piscina.
¿Quieres venir esta tarde a bañarte?

Oigo un golpe seco
y unos pasos que se alejan corriendo.

–¿Johan…?

No responde.

Cuando vuelvo abajo,
Paula sopla sin fuerzas, apenas,
y tiene los ojos medio en blanco:
–Ya no quiero seguir –me dice casi sin voz.

–De acuerdo. –Agarro la barca–. Ya continúo yo.

–No me encuentro bien… –murmura,
y se va como danzando con las muletas.

Qué lástima que no se pueda quedar.
Seremos una menos en la fiesta.

Cuando la piscina está hinchada del todo,
la subo a la azotea, me pongo el bañador
debajo de la ropa y bajo a comer.

No llevo ni dos bocados de ensalada de pasta
cuando Johan entra en el restaurante, corriendo descontrolado,
vestido con un bañador que le queda pequeño.
Se le ve media raya del trasero. Lleva también
unas gafas de bucear que le quedan grandes
y un flotador de pato a medio inflar en la cintura.
Se planta delante de mí.
Está sudado y respira muy fuerte:
–¿Dónde? –Johan toma aire–. ¿Dónde? –toma aire–.
¿Dónde está la piscina? –dice finalmente.

Me parece que a Johan le gusta tanto el agua como a mí.
Me termino la ensalada rápido
y subimos juntos al terrado.

Cuando Johan ve la barca,
corre, lanza un grito y se tira de cabeza
dando un salto mortal. ¡PATAPAM!

Johan queda aplastado dentro de la barca,
con la cabeza en el suelo y las piernas para arriba.

–¿No has visto que no había agua? –le pregunto,
y me acerco para ayudarlo a ponerse en pie–.
Normal que tengas ideas tan extrañas,
si te das estos mamporros en la cabeza.

Mientras lleno la barca
con la manguera de regar las plantas de la abuela,
Johan zarandea la cabeza para recuperase.

Cuando la barca está llena de agua, me meto dentro.
Se está fresco. Chapoteo con cuidado para no derramar el agua.
No quiero tener que salir para llenarla de nuevo.

Pero entonces Johan se tira de bomba al agua,
empieza a dar vueltas haciendo el huracán
y da puñetazos y patadas a diestro y siniestro.

Empujo a Johan, pero se lo toma a broma.
Johan me devuelve el empujón
y yo me caigo fuera de la barca.
Entonces se lanza de nuevo de bomba.
Y agarra una de las macetas de la abuela
y la lanza como una súper bomba.
Saco la planta del agua y descubro
que también ha caído una aguja de ganchillo dentro de la barca.

—¿No te das cuenta de que con las agujas de ganchillo
se puede pinchar la barca? —Lleno de agua una maceta
y la vacío en su cabeza.

Le hace gracia. Guarda las agujas en el bañador.
Me quita la maceta de las manos,
la llena y me ducha toda. Grito de rabia.
Johan sigue creyendo que estamos jugando
y me imita con unos gritos horrorosos.
Los vecinos salen al balcón.

—¡Hoy haces más disparates que nunca! —me enfado—.
¡Tú sí que mereces que nadie quiera jugar contigo!

David se asoma por la puerta del terrado,
y me acerco a él:
–¿Quieres jugar conmigo? –le pido–.
Estamos haciendo una fiesta de piscina.

–Mamá me ha dicho que si no juego contigo,
no me pasará nada –Me saca la lengua,
hace una mueca y se vuelve para abajo.

Johan, que lo ha visto todo, se acerca a la barandilla
del terrado a mirar. No sé por qué lo hace.
¡Pero me alegro de poder estar sola en la barca!

Cuando lleva un buen rato mirando,
me entra la curiosidad:
–¿Qué miras? –le pregunto.

Me hace un gesto con la mano para que me calle.
Tengo paciencia 15 segundos más,
y cuando ya estoy a punto de volver a preguntarle,
Johan se acerca corriendo.

Me saca de la piscina de un empujón,
se lleva la barca derramando agua por todas partes
y la arroja a la calle.

—¡Operación cazar al bobo! —me dice,
y hace un saludo militar,
con la mano en la frente.

Llego a la barandilla a tiempo de ver
como la barca cae sobre David: ¡CHOF!

David se queda en medio de la calle llorando.
Johan le saca la lengua y le hace una mueca.
Johan es de verdad mi amiga del alma.
Nadie nunca ha hecho nada tan bonito por mí.

Papá no tarda en subir con la barca, la desinfla
y la guarda en el estante más alto del desván.

—Se ha terminado la piscina —dice.
Y como las vecinas de los balcones le han dicho que yo
no he tenido nada que ver con la caída de la barca,
en voz baja añade—: Dile a Johan que se vaya a su casa.

—No se lo puedo decir. Es mi amiga del alma —protesto.

Papá levanta el dedo, amenazador,
pero antes de que vuelva a hablar aparece la abuela.

La abuela baja el dedo de papá y le dice:

—Ya me quedo yo.

¡Qué bien! ¡Morrona ha venido a salvarme!

La abuela se sienta en una silla para vigilarnos.

Johan y yo nos miramos:

—Si tuviera un jardín, podría poner una piscina grande

como la de Virginia —suspiro—.

Y nos bañaríamos en ella todo el día.

Johan se levanta dando un salto:

—¿Virginia tiene piscina? —pregunta.

—Sí.

—¡Piscinaaa!

Desde el terrado veo a Johan salir corriendo de casa.

Desaparece al final de la calle.

Sigue sin zapatos y con el bañador mojado.

En la otra dirección, veo a David.

Se aleja con sus padres.

Está todo mojado de agua y de lágrimas.

Morrona me da algunos besos:

—No te preocupes, criatura. Ya volverá.

—Ya lo sé —le digo.

La abuela habla de Johan. Yo pienso en David.
Si David se hubiera bañado,
seguro que pensaría que es la cosa más divertida
que existe en todo el universo.
Debe estar tan aburrido sin la Play...

JUGAMOS A TIENDAS

Hace un par de días que no sé nada de Johan.
Después de comer, voy a ver a Paula.
Llevo un trozo grande de bizcocho para ella
y otro para mí.
Ayer hicimos bizcochos con papá.
Papá solo quería hacer una tarta,
pero me gusta mucho ser su ayudanta.
Así que insistí e insistí hasta que dijo que sí.
Cuando llevábamos ya 15 bizcochos
papá dijo basta, que no haría más.

Hoy me ha dicho que los congelará.
Antes de que los congele,
he pensado en llevar un trozo a mi amiga.

En la peluquería solo encuentro a la mamá de Paula:
—¿Qué quieres? —me pregunta con un tono seco.

—Vengo a ver a Paula —digo.

—Paula está en casa de sus primos.

Le entrego el trozo de bizcocho:
—Esto es para ella, pero que no lo vean sus primos.
Con la buena pinta que tiene, seguro que se lo quitarían.

De vuelta a casa voy comiendo mi trozo.
Paso por la plaza de la panadería
y encuentro a Virginia, Patricia y Leticia.
Las tres son de mi clase.
Yo las llamo las "Tres Marías",
porque siempre van juntas.
Han montado un puesto de juguetes viejos.

—¿Es un puesto de juguetes? —les pregunto.

—Sí, vendemos nuestros juguetes –responde Patricia.

—¿Por qué?

—Uno de los caraduras del grupo B
hace días que viene a mi piscina
y lo destroza todo –explica Virginia.

—Nuestras mamás creen que lo hemos invitado
nosotras –añade Patricia–. Y ahora nos hacen pagar
todos los destrozos.

—Además –agrega Leticia–, esta mañana,
el caradura ha pinchado la piscina
con una aguja de ganchillo. Ya no nos podemos bañar.
Nos dijo que fue sin querer, pero no le creímos.
Nadie va por la vida con agujas de ganchillo.
Seguro que vino con la intención de pinchar la piscina.

Las mamás de las "Tres Marías" llegan cargadas
con bolsas:
—Aquí están las canicas de Patricia.

—¡Las canicas no! –protesta ella.

—Con esto no hemos acabado…
—dice otra de las mamás–. Volveremos en un rato
con cosas de Leticia.

Las mamás se van y las "Tres Marías"
se quedan cabizbajas.

—Mi mamá y yo podríamos colaborar —me ofrezco.

—Nuestras mamás ayudan buscando juguetes viejos
que tenemos en los armarios. ¿Cómo nos ayudaría tu mamá?

—Nos ayudaría dándonos ideas —digo.

—Las ideas no sirven para nada.

—Las ideas sirven para todo —respondo, y añado–:
Con estos juguetes tan feos y sin ideas,
no habrá forma de ganar nada.

Salgo corriendo hacia la consulta de mamá
y, cuando llego, espero a que termine con su visita.

—Mamá, las "Tres Marías" han montado un puesto
para vender juguetes viejos en la plaza.
¿Qué podría vender, yo?

—No lo sé. —Termina de escribir el informe
de la última visita y me sonríe—. A ver…
¿tienes algo que te sobre?

¡ZUM!

—¡Los bizcochos! —grito.

Le doy un beso y salgo corriendo de nuevo.

La abuela se pone muy contenta
cuando le pido que me ayude a montar mi puesto.
Entre las dos sacamos un tablón y dos caballetes
de la despensa, un mantel y servilletas de papel.
Guardo mis tijeras rojas en un bolsillo
y ella prepara una bandeja con bizcochos.

Lo llevamos todo a la plaza
y montamos el puesto al lado de la panadería,
justo delante de las "Tres Marías",
que nos miran con mala cara.

La abuela me da algunas monedas
para que pueda devolver el cambio a los clientes
y una caja de lata para guardar las ganancias, y se va.

Empiezo a cortar los bizcochos
para que la gente pueda probar un trocito gratis.
Ha sido idea de la abuela.
¡A veces la abuela también tiene buenas ideas!

Mientras voy cortando,
las "Tres Marías" se ríen de mí:
"Uy, le ayuda mucho su mamá…"

A mí me da igual lo que digan,
pero me entran ganas de ir a su puesto
y con las tijeras cortar las bolsas de canicas.
Pero no lo hago. No quiero olvidarme las tijeras allí
y que sepan que he sido yo.

¡Vendo un montón! ¡La idea de la abuela
de dejar probar un trocito gratis ha funcionado!
Y los bizcochos de papá son irresistibles…
Cuando las "Tres Marías" apenas han ganado
un par de monedas, yo tengo en mi caja
siete billetes de cinco, quince monedas de dos,
veinte monedas de uno…

Las mamás de las niñas regresan:
—Aquí traemos las muñecas de Leticia.

–¡No es justo! – protesta Leticia.

Sin hacer caso a sus quejas, se marchan de nuevo.
Al momento, llega la abuela:
–¿Traigo más bizcochos? –pregunta.

Le digo que sí, contenta.
Cuando la abuela se marcha con las bandejas vacías,
las "Tres Marías" ya no parecen preocupadas
por sus muñecas y me miran satisfechas.

–Tiene que venir tu abuela,
porque tu mamá no te hace caso –se ríen.

Si no tuviera una cola larguísima de gente
esperando un pedazo de bizcocho,
habría ido a darle una torta a cada una.
Al rato, las tres se ponen a chillar
porque Johan aparece por la plaza.
Va vestido solo con unos calzoncillos de Batman.

–¿Y el resto de la ropa? –le pregunto.

–La que estaba limpia me la he olvidado estos días
en casa de Virginia; la otra está en el cubo de la ropa sucia.

—¿No tienes nada más? —le pregunto.

—El pijama. Pero mamá me ha dicho
que ni se me ocurra salir de casa en pijama,
que por la noche ya lavará la ropa.

—¿Y en calzoncillos sí que te deja salir?

—No lo sé. Lo he pensado cuando ella ya no estaba.

Le dejo un mantel que me ha sobrado para que se tape,
porque los clientes lo miran raro.
Johan señala un bizcocho:
—¿Me das un trozo? Como no encontraba
la comida para los peces, les he tirado los fideos
que mamá me dejó para comer.

—¿Fideos para los peces? —digo con cara de asco.
Corto un trozo de bizcocho, y se lo doy.

La abuela vuelve con más bizcochos
y cuando ve a Johan vestido con el mantel
se lo lleva a casa para buscarle ropa.

Yo miro a las "Tres Marías":
—No parece que vuestras abuelas ayuden mucho…

No me prestan atención: están mirando
a la panadera, que sale de la panadería
con un policía y señala mi puesto.

El policía se acerca. Es Óscar, el cliente de papá.
–Hola, simpática –me saluda Óscar–.
La panadera quiere que te vayas de aquí.
Cree que le robas los clientes.
Ya le he dicho que eres solo una niña que juega
y que muchos clientes no le puedes quitar…

–¡Pues he ganado un montón de dinero! –Le enseño
los billetes de mi caja de lata.

–Esconde esto… –susurra–, te lo podrían robar.

Meto la caja debajo de la mesa.
Johan llega corriendo
y también se mete debajo de la mesa.
Lleva una camiseta mía de Hello Kitty
y unos pantalones que no me pongo nunca
porque tienen unas florecillas lilas y rosas.

–¿Qué pasa? –le pregunto.

Me pide silencio con el dedo. Óscar carraspea:
—Si movemos el puesto a la plaza de al lado,
la panadera no te verá.
Pero antes, compraré un trozo de bizcocho.

Mientras corto el trozo para Óscar,
Johan sale a cuatro patas y se esconde debajo del puesto
de las "Tres Marías".

—¡Eh! ¡Señor agente de policía! —grita desde allí.

Óscar se da la vuelta con el bizcocho en la boca.

—¡Justiciero al poder! —Johan apunta a Óscar
con un arco y una flecha de ventosa
que les ha quitado a las "Tres Marías"—.
¡No voy a permitir que mueva el puesto
a mi amigo no imaginario!

Dispara la flecha y acierta
en medio de la frente de Óscar.
Lanza el arco a un lado y se levanta rápido.
Clava una aguja de ganchillo a las bolsas de canicas.
Las canicas caen al suelo y ruedan por toda la plaza.
Johan huye corriendo.

La gente empieza a resbalar,
incluso Johan resbala y se cae de morros.
Pero como está tan acostumbrado a los mamporros,
se levanta, zarandea la cabeza, y va a esconderse
dentro del contenedor de la basura orgánica.

Óscar se desengancha la ventosa de la frente
y ayuda a la gente a levantarse.
Entonces, se dirige a las "Tres Marías" y les dice:
—Tienda clausurada[9]. No se pueden vender
cosas peligrosas.

Las mamás de las tres niñas regresan y las regañan.

—Ha sido el niño ese otra vez —dicen ellas—.
Se ha metido dentro del contenedor.

—Dentro del contenedor, ¿eh? —repiten las mamás—.
Chapuceras y mentirosas. El dinero que cuesten
las reparaciones os lo vamos a restar de lo obtenido
vendiendo de casa en casa durante el verano.

Johan y yo desmontamos el puesto
y regresamos al restaurante.

---

9. Clausurada: Cerrada.

Cuando la abuela huele la peste a basura
que desprende Johan
se lo lleva para cambiarle la ropa.
—Esta vez sin tantas flores, ¿eh? —oigo que le dice
la abuela a Johan.

Veo como David y Wilfredo corren a esconderse
debajo de la escalera y me acerco a ellos.

Wilfredo se pone las gafas de sol:
—¡Activando el poder de invisibilidad!
¡Activando el poder de invisibilidad!
—Tira las gafas al suelo de mala manera—.
¡Justo hoy las gafas no funcionan!

—¿Qué pasa? —me pregunta David
sin salir de debajo de la escalera.

—Quiero darte esto —Le alargo la caja de lata
con todo el dinero que he ganado.

David agarra la caja:
—¿Qué es?

—¡No la abras —exclama Wilfredo—, o explotará
y quedaremos esparcidos en pedazos!
David abre la caja y luego abre mucho los ojos.
Sale de debajo de la escalera para ver mejor el dinero.
Lo cuenta tres veces y al final pregunta:
—¿Es para mí?

—Sí —digo encogiendo los hombros—.
Para que te compres la Play.

—¡Caray! —Los ojos le brillan por la emoción—.
Con el dinero que tengo ahorrado y el de la caja
solo me falta un billete de cinco…

—¿Para qué quieres un billete de cinco? —pregunta Johan,
que llega bajando la escalera. Viste un vestido rosa con volantes.

—Para comprarse una Play —digo yo.

Johan se levanta la falda,
revuelve en sus calzoncillos de Batman
y saca un puñado de billetes arrugados.
Luego, alarga un billete de cinco a David.
—Aún me queda dinero de la propina
que nos dieron los políticos —dice Johan—.
Si te lo doy, ¿me dejarás jugar a la Play algún día?

David asiente con la cabeza.
Aunque no se fía del todo, acepta el billete de Johan
y empieza a correr entre las mesas y a gritar:
"La Play, la Play, la Play!...
Ya me puedo comprar la Play!".

Su papá sale de la cocina para ver qué pasa.
David se lanza a sus brazos,
lleno de mocos y lágrimas de tanto llorar de emoción.

David y su papá se marchan a comprar la Play.
Los acompañan el marciano transformado
en humano y Johan.
Entonces llega mamá, me da un beso y me levanta en brazos.

–¿No tienes trabajo? –le pregunto.

–Las últimas visitas han llamado para decir
que no podían venir.
He pensado que podríamos ir al cine.

Me lo pienso y, ¡ZUM!
–Mamá, ¿y si jugamos a vender casa por casa?

¡Ding, dong!, suena el timbre de la casa de Virginia.
Abren las "Tres Marías".

—Mi hija y yo vamos a vender bizcochos
casa por casa —les dice mamá—. Podríamos vender
juntas los bizcochos y los juguetes.

Mamá es muy buena convenciendo a la gente:
¡las "Tres Marías" y yo lo hemos vendido todo!

EPÍLOGO

Vamos con mamá a casa de Johan.
¡Riiing!, suena fuerte el timbre
del portero automático de su casa.
El edificio donde vive Johan es muy viejo
y los balcones están llenos de ropa tendida.
Es domingo por la tarde y nadie pasea por la calle.

–¿Contraseña? –se oye la voz de Johan por el interfono.

—Traemos bebidas para acompañar
la tarta de manzana de tu mamá —le digo.
¡Zzzzzt!, suena el interfono cuando se abre la puerta.
El piso de Johan y su mamá es muy pequeño.
Tienen las persianas bajadas, pero aun así hace mucho calor.
Johan me lleva a su habitación.
Me enseña un periquito blanco y azul medio desplumado
dentro de una jaula con los barrotes doblados.

—¿De dónde ha salido? —le pregunto.

—Del lugar de reciclaje.

—¿Un periquito en el lugar de reciclaje?

—Ah, no. Allí encontré la jaula.
El periquito lo encontré ayer en un banco.
Estaba medio desmayado.
Le di unas albóndigas que cocinó mamá
y parece que ha resucitado.
Mamá dice que si lo cuido, puedo quedármelo.

Miro a mi alrededor.
Alucino con todos los dibujos de marcianos
que tiene colgados en la pared.
—¿Son tuyos?

Pero, antes de que conteste, mamá nos llama:
—¡Niños!

Johan sale corriendo muy rápido por el pasillo
y va rebotando de una pared a otra.

Cuando llegamos al comedor,
vemos a mamá con una gran sonrisa en la cara.

—Aún quedan muchos días de vacaciones —dice—,
así que he pensado…

Johan empieza a saltar y a aplaudir,
hasta que se da cuenta
de que aún no sabe de qué se trata.
Entonces se gira hacia mí, como si yo lo supiera.

—No tengo ni idea —le aclaro,
encogiéndome de hombros—.
Pero mamá tiene las mejores ideas del mundo.
Al menos, a veces…